ちくま文庫

ノベライズ　太陽にほえろ!

岡田晋吉　編

筑摩書房

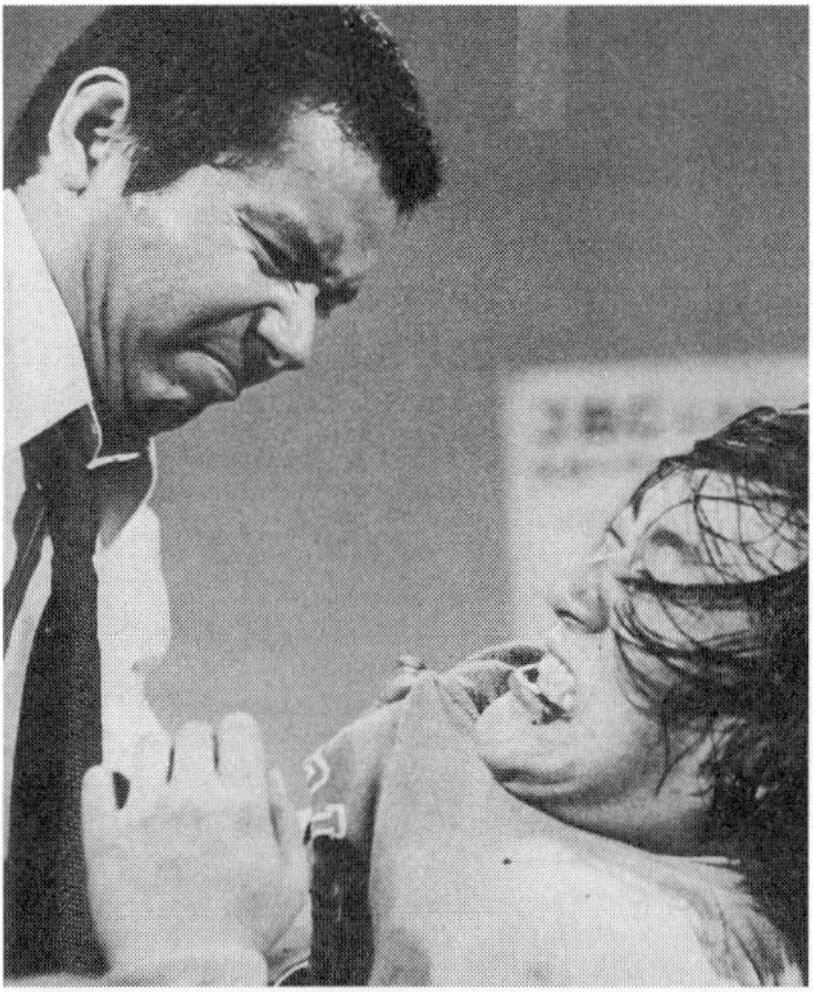

犯人を取り調べる落としの山さん(「時限爆弾街に消える」)

山さんの妻が人質にされた(「愛あるかぎり」)

（左から）ボス、山さん、ゴリさん

逮捕のために銃を抜くボス（右）とジーパン（「海を撃て!!ジーパン」）

留置所から初出勤
(「ジーパン刑事登場」)

七曲署の刑事たち
(「燃える男たち」)

シンコに求婚したジーパンだが……

殉職するジーパン（写真上、右いずれも「ジーパン・シンコ　その愛と死」）

ノベライズ

太陽にほえろ！

目次

『太陽にほえろ！』七曲署捜査第一係室メンバー

藤堂 俊介（ボス）	石原 裕次郎
早見 淳（マカロニ）	萩原 健一
柴田 純（ジーパン）	松田 優作
山村 精一（山さん）	露口 茂
石塚 誠（ゴリさん）	竜 雷太
内田 伸子（シンコ）	関根 恵子
島 公之（デンカ）	小野寺 昭
野崎 太郎（長さん）	下川 辰平

ノベライズ

太陽にほえろ！

マカロニ刑事登場

早見淳《はやみじゅん》、彼の七曲署への颯爽たる登場ぶりは、まさに前代未聞というべく、型破りというべく、破天荒《はてんこう》ともいうべく、あの捜査第一係の猛者《もさ》たちでさえも、しばし唖然としたほどである。

彼はご自慢の愛車で、新宿のメインストリートを制限速度すれすれのスピードでぶっ飛ばし、そのまま一気呵成に、七曲警察署の通用門に突っこんでいったものだ。

西部劇のカウボーイよろしく、ひらりと車から降り立つと、長髪をかきあげ、口笛を吹きながら、淳は署の建物のなかへ入っていった。

「ちょっと、きみ……」

廊下ですれちがった私服の少年係女性警察官、内田伸子《うちだのぶこ》（シンコ）が思わず呼びとめたのも、無理なかった。

若者たちの間で流行しているファッション、ピンクのカラーシャツにホワイトのスーツをスカッと着て、まるで舞台衣裳をつけたスターのように派手なカッコウの淳だったのだ。

「交通課ならこっちじゃないわよ」

「交通課だって?」

淳は彼女の言葉の意味がわからず、首をかしげて、聞きかえした。

「なにやったの……スピード違反ね。そうでしょう」

と、彼女にいわれて、淳はむっとして、仲子の顔を睨みつけた。

「あら、ちがった……ああ、そうか、ごめんなさいね。あなたは……」

仲子は彼の頭のてっぺんから足の先までみて、

「洋服の月賦屋さんだったっけ……」

「なんだと、うっ」

相手が淳好みにぴったりのカワイコちゃんだけに、黙って聞きながしていたが、もう我慢ができなくなった。

「おれは刑事だ……刑事っ。わかったか」

淳は、凄味をきかせて、怒鳴りつけてやった。

「えっ……」

彼女のびっくりした顔に、いくらか溜飲をさげて、淳は廊下を急いだ。

淳が捜査第一係室のドアをあけた時、石塚誠《いしづかまこと》、島公之《しまきみゆき》、野崎太郎《のざきたろう》の三人は、係長の藤堂俊介《とうどうしゅんすけ》のデスクをかこんで、相変らずのたわいない馬鹿話に明るい笑い声をはずませていたところだった。

いちばん先に淳に気がついた島刑事が、笑いをとめて顎《あご》をしゃくった。石塚刑事が島の視線をたどって、振返った。

「なんだ、おまえは……」

と、石塚は流行の若者スタイルの淳の姿を、とっくりと眺めて、怪訝そうにきいた。

「早見淳です」

「うん、いい名前で結構だが……なんの用だ」

「あっ……」

部長刑事の野崎が、思い出したようにうなずいた。

「あんたかね、今日からうちに配属されたというのは……」

「よろしくお願いします」

年輩の、なんとなく貫禄のある野崎に、淳はペコリと頭をさげた。

「ボスはこっちだよ」

淳の肩を叩いて、島が藤堂へ視線を向けた。

いささか慌てながら、淳は藤堂のデスクの前に立って、申告しかけたとたんに、

「初日からすべりこみとは、いい度胸だ」

ドスのきいた藤堂の低い声だ。無表情なだけに、鋭く光る眼がきわだっていた。

「すみません」

こわいもの知らずの無鉄砲さで押し通してきた淳も、この眼光には一瞬すくんでしまった。

「銃器係にいって、拳銃をもらってこい」

藤堂が命じて、淳の相好がくずれた。はいっ、といかにも嬉しそうに、廊下へ飛び出していった。

淳は腰の拳銃を気にしながら、好きなオモチャをもらってよろこぶ子供同様な顔で部屋へ戻ってきた。

朝食代りの天ぷらそばをかっこんでいた石塚が、にやっと笑った。

「馬子にも衣裳というが、結構サマになってるぜ」

「なあ坊や、マカロニ・ウェスタンに、そんなカッコウをした奴がいなかったかな」

そういったのは島だ。

淳の額に青すじが走った。坊やだとか、マカロニ・ウェスタンだとか、いくら先輩でも許せない、と、頭に若い血がのぼった。

「お茶、どうかね」

のんびりとした声をかけられた。

野崎だった。まるで父親のような眼で、淳を見つめ、茶をついでくれた。

野武士のように荒くれた、曲者ぞろいの藤堂班にあって、貴重な手綱の引き締め役が、野崎である。

幼いころに両親と死別し、苦しい少年期を過してきた淳は、こういうあたたかさには弱かった。嬉しかった。

「ところで、まだ紹介をしていなかったな。私は野崎、そっちが島刑事で、仇名は殿下《でんか》。こっちの、いつも腹をへらしているのが、ゴリさんの石塚刑事だ」

「へえ、ゴリさん……」

淳は石塚を見ながらうなずいた。

「わかりました。ゴリラのゴリですね」

「なにいっ」

まさにゴリラのような勢いで、石塚が憤然として立ち上った。

「こいつあいい、ゴリ押しのゴリさんも、マカロニ坊やにあっちゃ形なしだ」

島が腹をかかえて笑い出した。

が、笑ってすまされないのは石塚だ。

「なあ、マカロニさんよ、なにか勘ちがいしてるんじゃないのかい。警察ってえのはな、ファッション・ショーをやるとこじゃねえんだ。犯人《ホシ》をあげるとこなんだよ、犯人《ホシ》をね」

「ずれてるな、先輩たちは……」

淳は平然といった。

「いまどき、この程度のカッコウにおどろいてて、複雑な現代社会の犯罪に、よく追いついていけますねえ。そんなだから、七曲署はへそ曲りだなんてからかわれるんですよ」

「この野郎っ」

丸太ン棒のような石塚の腕が、淳のむなぐらをつかみかけるのを、

「ちょっと、お待ちなさいよ」

いつのまに来ていたのか、伸子が割ってはいった。

「ねえ、きみはまた、なにをいきがってるのさ」

「うるさいな。いったいおまえはなんだよ」

またも現われた彼女に、淳はいらいらしてしまった。

「おい、先輩に向って、おまえよばわりはいかんね」

野崎がにやにやしながらいった。

「先輩ですって……」

「そうさ。少年係の内田伸子巡査。ここじゃおまえより一年も先輩だ」

お互いにおどろき、顔を見合せている淳と伸子に、藤堂がたまりかねて吹き出していた。

「後輩第一号だ。仲よくやってくれよな、シンコちゃん」

「ボスっ、困ります。署内では、内田巡査と呼んで下さい」

伸子が怒って口をとがらせたのと、卓上の電話が鳴ったのとは同時だった。

「はい、捜査第一係っ」

張切って、誰よりも早く受話器をとった淳が、

「えっ、殺人《コロシ》……」

ぎくっとして唾をのみこんだ。

一瞬のうちに、室内の気配はがらっと変っていた。息の詰まるような緊張感が、恐ろしいほどだった。

「うん……そうか。拳銃で撃たれているんだな」

受話器を握った藤堂の声だけが、重い静寂《しじま》のなかで、たのもしく落着いている。

「それで……被害者は……うん、チンピラ風の若い男……場所は……」

電話を受けながら、鉛筆を走らせていたメモを、ひったくるように受けとった石塚が、

野崎や島と一緒に飛び出していった。

つづいて、三人の後を追おうとした淳は、電話中の藤堂に強い力で引き戻された。

「……じゃあ、犯人は拳銃《ハジキ》を持っているんだな。わかった、まもなくうちの連中がいくから、それまで頼む」

藤堂は受話器を置いて、それからやっと、淳の腕をはなした。

「まあまあ、そういれこむな。おまえは山さんと一緒にいくんだ」

淳はおもわず室内を見廻してしまった。残っているのは、藤堂と淳の二人だけだ。

「目下出張中さ。向いの麻雀屋だ」

と、藤堂は顎をしゃくった。


山さんこと山村精一《やまむらせいいち》は、血相を変えて飛びこんできた淳を見ると、

「おう、来たな、マカロニ」

悠然と牌《はい》をつもりながら言った。

「事件なんですっ」

「うん、いま聞いた」

「早くして下さい」

「そうガッツクなって……」

と、淳を制しながら、平気な顔でリーチをかけた。

これには淳もあきれた。

その時、電話が鳴って、受話器をとった女の子が、すぐ山村を呼んだ。

「ホイ、やっと来たか」

この電話を待っていたらしい。山村は飛びつくように、受話器をとった。

動き出すと山村は素早い。なにやら低い声でうなずいていたが、受話器を置き、麻雀屋を飛び出していた。

が、淳は慌てた。山村が歩いていく方角がちがうのだ。

「殺人の現場は、こっちじゃありません」

山村は答えなかった。

にぎやかな商店街をぬけると、こんな所にと思うような、静かな公園があった。強い日差しをさけた若いカップルたちが、楽しそうに肩を寄せ合い、幼い子供たちが砂場やブランコではしゃいでいる。

「ねえ、どこへ行くつもりなんですか」

仕方なしに、小走りに後を追いかけていった淳は、はっとして足を止めた。

さっさと公園に入っていった山村が、ベンチで競馬新聞を読んでいる建設現場労働者風の男の隣に、さりげなく座ったからだ。

「なんかわかったのか……」

山村はそっぽを向いたまま、煙草を口にくわえ、タバコの空箱を捨てるように投げた。

男は黙って拾った。小さく折った千円札が何枚か、空箱に押し込んである。

「シロウって男をご存じで……」

「この辺で、いつも与太っている奴だろ」

山村はタバコをふかしながらいった。

「へえ。そいつが被害者《ガイシャ》なんで……」

「ほう……」

「そのシロウが最近、拳銃を探してたそうですよ」

「手にいれたのか」

「さあね、そこまではどうも……」

「シロウがいつもトグロを巻いているのは、どこなんだ?」

「スナックですよ。たしかカリブとかいう店ですけどね」

そのカリブは歌舞伎町のはずれにあった。

客はまだひとりもいない。赤い照明の店内は、妙にひっそりとしている。

「お待たせしました。わたしが責任者の武久浩二です」

奥のドアから出てきた、まだ若い、淳と同じ年ごろの青年が頭をさげた。山村と淳は立ち上って、警察手帳を見せた。

浩二はうなずきながら、うしろのバーテンに眼くばせして去らせた。

「ご用件は……」

「この店に出入りしていた、シロウっていう男のことなんだがね」

「お客のことは、あんまりいいたくないんですよ」

「シロウは死んだんだ」

「えっ……」

浩二の顔が硬直した。

「拳銃で殺された。どんな奴と一緒だったのか、教えてくれないか……隠されると困るんだがな」

「別に隠す気なんか……ただ、こんな店でも、結構はやってますんでね、お客のことを、くわしくおぼえてる暇がないもんで……」

浩二がうそぶくようにいった。

「この野郎っ、殺人犯をかばう気かっ」

いきなり淳が、胸ぐらをつかんだ。

「へえ。ここのお客が、殺人犯だって証拠があるのかい」

皮肉な浩二の笑いを、淳が歯ぎしりしながら睨んだ。

「もうよせ、出直そう」

山村はあっさりと諦めて、ドアのほうへ歩いていった。

「山さん、おれ……」

「居座るつもりかい。まあ、いいだろう。好きなようにやってみるんだな」

と、山村は苦笑しながらいった。

淳はスツールに腰をかけると、ゆっくりと腕を組んだ。

カリブを出た山村は、まぶしそうに、真夏を思わせるような空を見上げていたが、さっき店にいたバーテンが、通用口のあたりで、所在なげに立っている姿に気づいた。

「あんた、この店は古いの」

山村はゆっくり彼に近より、声をかけた。

とつぜん声をかけられて、びっくりし、バーテンはおどおどしている。

「ちょっとお茶でも飲もうや」

笑顔で言ってから、山村は強引に腕を組んだ。

連れ去るように歩いていく後ろ姿を、角《かど》のビル工事の現場から、食いいるように見つめている視線があったのを、山村は気づいていなかった。

殺人現場は、ほろ酔い横丁と呼ばれている、飲食店や縄のれんやバーの集った、狭い路地である。野崎刑事が鑑識班と一緒になって、しきりにあたりをかぎまわっていた。

被害者は佐山四郎、通称シロウ、二十五歳で住所不定。要するにフーテンあがりのチンピラだった。犯人は、目撃者の話によると、子供っぽい感じの少年、ということだが、名前も職業もわかってはいない。そして、このシロウが拳銃を探していたことと、少年がシロウを射殺したことと、どんな関係があるのか、そこがはっきりしなかった。

野崎は肩を叩かれた。背後に、山村が暑そうな顔で立っていた。

「沖山守っていうチンピラらしいですよ」

山村がいった。

「カリブの常連で、ユカっていう女の子と、かなり熱い仲だって……シロウに拳銃をせがんでいたのもそいつだそうです。バーテンから聞き出したんだから、間違いありません」

「相変らずいい腕だな」

野崎がにやっと笑った。

長い刑事生活で、人生の裏を知りつくしている山村は、容疑者に犯行を自白させることでは、本庁の刑事もかなわない腕を持っていた。オトシの山さん、そんなニックネームのある理由だ。それに、七曲署管内のチンピラたちの動静など、麻雀をしながらでも耳に入ってくるという、彼だけの情報網を持っている。

「それから、カリブに張りこんでいるマカロニにも、守の名前とユカって女の子のこと、電話しときましたよ」

山村が報告を終えてまもなく、石塚が重大な情報を聞き込んできた。事件の背後に、拳銃密売の組織がからんでいるらしい、というのだ。

「暴力団関係をあたってみたんですが、あのあたりの拳銃の密売は、組織が一手に握っているんです」

「とすると、こいつあ、どでかい組織にぶちあたるかもな」

野崎がうなずきながら、二人にいった。

「そのためには、守を無傷でおさえるのが先決だな」

「組織の連中が、守を消しにかかるってことですか」

山村の言葉に、石塚が顔色をかえた。

「うん。もしからんでいるとすれば、恐らくもう動き出している。ボスもそろそろくるころだし、守の足どりをもう一度、洗いなおしてみよう」

石塚をうながして、山村はもう歩き出していた。

ほろ酔い横丁から出てきた彼らを、電話ボックスから見つめていた、黒いサングラスの男がいた。

男はゆっくりとダイヤルをまわした。

「また、動き出したようですぜ」

それぞれに散っていく野崎たちを眼で追い、男がいった。

――とにかく、このままじゃまずい。逃げたチンピラから、われわれの組織がばれるおそれがある――。

電話の声はあせっていた。

「ええ……奴らもたいしたことは知っちゃいませんが、二、三人、顔を見られてますんでね」

――万一のことがある。警察《サツ》の手に落ちる前に始末しろ――。

「わかりました」

丁度そのころ、カリブでは、淳がじりじりしながら、檻《おり》のなかの熊のようにフロアを歩きまわっていた。

そんな淳にはまったく無関心で、数人の若者たちが、ギターをひいたり、だべりを楽しんでいる。

「こんちは」

無邪気な笑顔で、ミニのよく似合う、美しい脚の少女が飛びこんできた。

「オスッ」

「よう、ユカちゃん」

若者たちが声をかけた。

一瞬、淳が飛びつくように、ユカの腕をつかんだ。

「痛いっ、なにするの」

「守は……守はどこにいるっ」

「知らないわ。守がどうかしたの……」

淳のけんまくに、ユカがおびえたように聞きかえすと、気をつけろ、警察だぞ、と誰かが怒鳴った。近寄ろうとはしないが、若者たちの眼は、冷たい敵意をふくんでいた。

その時、浩二がユカに

「みんな仲間なんだ。守も、ユカも……もちろん、おれだってさ。でも、仲間なのはこの店にいる時だけで、お互いにどこの誰だか、よく知らないんだ」

「そうだ、なんで守なんか、追っかけるんだ」

若者たちのひとりがいった。

「大体、警察はおかしいよ」

「もっとでっかい悪が、世の中にはいっぱいあるのにな」

と、若者たちの公憤を肌に感じて、淳は、だからといって、小さい悪を見逃してもいいのか、と言いたかった。が、淳は、黙っていた。若者たちの気持が淳にも、よくわかるからだった。

「帰るのかい……」

立ち上って、ドアのほうへ歩きかけた淳に、浩二が声をかけた。

「ひと廻りしてくる」

「守が犯人だって証拠はあるのかね」

「おれの仕事はただ、そいつを捕まえることなんだ」

「抵抗したら撃《う》つのか」

「撃つ。それがおれの商売なんだ」

きっぱりといって、表へ出ていく淳を、暗い顔で見送った浩二は、カウンターへ戻りかけて、あっ、と息を呑んだ。

通用口からでも入ったのか、黒いサングラスの男が、ひっそりと立っていた。


カリブを出た淳が、聞き込みに、二、三軒先の喫茶店に入った瞬間、ビル工事現場の鉄骨のかげで、獣のような眼を光らせていた若者が、突然、まっしぐらに道路を横切って、カリブのドアを蹴飛ばして、飛びこんでいった。

サングラスの男が立ち上った刹那《せつな》、

「逃げろ、守っ」

浩二が叫んだ。

守はやっとサングラスの男に気づいて、あっと身をひるがえした。

夢中でカリブを飛び出した守は、呆然と立ちすくんでしまった。聞き込みをおえて、喫茶店から出てきた淳と、ばったり出会ってしまったのだ。

淳は守の顔を知らない。

しかし、裂けるほどに眼をいっぱいに開いて立っている守の姿に、淳はピンと第六感にくるものがあった。

不意に、守が逃げ出した。

「待てっ」

淳は後を追った。

守だ、あいつが守だっ。必死だった。絶対に逃がしてはならない。路地から路地を追いかけて、袋小路《ふくろこうじ》に追いつめた時、勝った、と思った。

「動くなっ。動くと撃つ」

拳銃をぬいた淳は、ぴたっと狙いをつけて構えた。

「動くなよ。じっとしてるんだ」

一歩、一歩、淳が近づくにつれて、どこかに幼さの残る蒼白な守の顔が、泣き出しそうにゆがんだ。

さらに一歩、淳が進んだ。守はいきなり胸の内ポケットから、拳銃を引きぬいた。

「ばかっ、やめるんだ」

引金をひきかけた淳の指、だが、小きざみにふるえる守の手を見た時、硬直したように動かなくなってしまった。

凄まじい銃声とともに、淳の足もとで銃弾がはじけた。

「撃てっ、ちきしょうっ、撃ってみろ」

守はひきつった顔で喚いた。

淳は拳銃を構えたまま、じりじりと迫った。

その時だった。

「危ないっ」

銃声を耳にして駆けこんできた石塚が、猛烈な勢いで淳を突き倒し、守に襲いかかっていった。

守の銃口がつづけざまに火を噴いた。石塚のからだがはじけるようにのけぞった。

「ゴリさんっ」

「奴を……奴を追うんだっ」

抱き起こそうとした淳を、石塚が大声で怒鳴りつけた。

「でも……」

淳はためらった。石塚の右脚から、溢れるように血が流れていたのだ。

守は必死に逃げ去っていく。

覆面車から飛び出してきた藤堂は、状況を咄嗟にみて、

「ばか野郎っ、貴様、それでも刑事かっ」

淳に向かって、吠えるように叱咤した。

駆けつけた山村と一緒に、藤堂が守の後を追ったが、不意に横丁から襲いかかってきたやくざ風の男たちに邪魔されて、とうとう逃してしまった。

しかし、これで藤堂は石塚の情報通り、かげで密売組織の動いていることを確認したのだった。

だが、憂うつなのは淳だ。

(おれのために ゴリさんが……)

あの時、淳が引金をひけば、石塚は負傷をしなくてもすんだし、守にも逃げられなかったはずだ。

(やっぱり、撃つべきだったのだろうか)

拳銃には自信がある。的が相手の射撃訓練では、一発で的の中心をぶちぬいていた。

だが、淳は人間を撃てなかった。

そんな淳の苦しみを充分知っている藤堂だが、それでも貴様は刑事かっ、と怒鳴りつけた。

「ちぇっ、なにがボスだ」

唾でも吐きたいような気持の淳である。

淳は以前から、藤堂の噂は聞いていた。彼ほどの腕と実績があれば、当然、警視庁の第一線の指揮者として、活躍すべきであった。が、己の信念を決してまげない行動や、部下の失敗を一人で背負いこんでしまったりするために、出世コースからはずされているのだという。捜査にあたって、必要であれば、警察のルールを犯すくらいの大胆さと、冷徹な決断力を発揮する。しかも、その底に流れる深い愛情が、曲者ぞろいの部下たちの心を、しっかり摑んでいる。

そんな藤堂という男を、淳は憧《あこが》れにも似た気持で尊敬していた。だから、七曲署へ配属がきまった時は、どんなに嬉しかったかしれない。

(それが……)

淳は裏切られたような口惜しさで、腹が立って仕方がなかった。

ただ、石塚にだけは、申し訳ない気持でいっぱいだった。

淳が警察病院に石塚を見舞ったのは、翌朝のことである。

「なんだって……」

犯人がまだあがっていない、と淳から聞かされて、石塚は歯ぎしりした。

「それなのになぜ、ぼうっと突っ立ってるんだよ。ぼやぼやしてると、またどやされるぞっ」

壁によりかかって、病院の窓から、ぼんやりと青空の雲を眺めている淳を、叱りつけるようにいった。

「おれ、刑事がいやになった」

淳がぼそっとつぶやいた。

その顔をじっとみていた石塚は、むっくりとベッドの上に起きあがった。

「ちょっと来い。もっとこっちに来いよ」

手まねかれて、なんとなく淳が近づいたとたん、石塚は力まかせに殴りつけた。

「なにすんだっ」

壁ぎわまでふっ飛んだ淳は、頬をおさえたが、強烈なパンチの意味がわからなかった。

「このど阿呆っ。昨日、刑事《デカ》部屋で大きな口を叩いたのは、どこのどいつだ。一度や二度怒鳴られたぐらいで、そのざまはなんだっ」

「ちがうっ。怒鳴られて、いやになったんじゃない。人を殺さなかったから、責められるなんて……そんな商売、おれはもう……」

「ばか野郎っ」

いまにも噛みつきそうな石塚の顔だった。

「ボスがおまえを怒鳴ったのは、撃たなかったからじゃない。犯人を逃したからだ。撃たないでどやされるなら、おれなんかもうとっくに……」

いきなり枕もとから拳銃をぬき出して、弾倉を開いてみせた。空っぽだった。

「わかったかい。犯人を追っている時の刑事にゃ、後ろを振り向く暇はないんだぞ」

淳の全身をなにか熱い火のようなものが、走り過ぎていった。

（ばか野郎だ。おれはほんとにばか野郎だった……）

淳は唇を噛みしめた。

石塚は拳銃をしまい、淳にいった。

「しっかりするんだ。密売の連中に先を越されたら、犯人は消されちまうんだ」

ドアが激しく軋み、病室に淳の姿はなかった。

「がんばれよ、マカロニ……」

つぶやいた石塚は、楽しそうに顎をなでている。


捜査第一係室で山村からの電話を受けた藤堂は、顔色を変えて立ち上った。

「なにっ、拉致《らち》された……」

アパートを出たユカが、後ろから徐行してきた乗用車に引きずりこまれ、連れ去られてしまったというのだ。

密売組織の連中にちがいない。ユカを痛めつけて、守の居場所を吐かせようという魂胆だろう。

ユカを尾行していた山村と淳は、藤堂への連絡をすませると、歌舞伎町のカリブに車を飛ばした。ユカが狙われたとすれば、カリブの浩二も危ないからだった。

「まだ来てないんです。いつもだったら、もう顔を見せてる時間なんですけど……」

バーテンが首をかしげていた。

「やられたか、くそっ」

悪い予想が適中していた。淳は歯ぎしりした。

「落ち着け。じたばたしてもはじまらん。あの乗用車が見つかるまで待つんだ」

山村が静かにいった。

事実、それから二十分ばかりたって、そのナンバーの乗用車を、旭町の倉庫街で見かけた、という情報が藤堂に入ってきた。

だが、淳がやっとそれらしい倉庫を見つけて躍りこんだ時には、ユカの姿はなく、血まみれの浩二が意識を失って、倒れているだけだった。

「どうした。しっかりするんだっ」

淳が抱き起こしてやると、

「三時に……駒沢の競技場へ……」

とぎれがちに浩二がいった。

「急いでくれ。ユカに呼び出され……守はなにも知らずに……」

淳の腕時計は二時十分過ぎだった。

藤堂班では駒沢署の応援を得て、駒沢競技場に張り込んだ。

競技場の表には、ユカがたったひとり、いかにも不安げに立っている。

だが、柱のかげや、ベンチや、木かげに、組織の男たちが眼を光らせているのだ。例のサングラスの男もいた。

「あの女、まさかでたらめを……」

時計を見ながら、サングラスの男はつぶやいた。

三時二分前だ。

だが、そのサングラス男の横のベンチで、のんびりと昼寝をしている建設現場労働者、小犬をつれて散歩している男など、駒沢署の刑事たちには、まったく気づいていないようだ。

そういえば淳も植込みのかげで、アイスクリームをなめながら、ユカとサングラス男の動きから眼をはなさなかった。

淳がアイスクリームをなめおわった時だ。

「ユカっ」

げっそりやつれはてた守が、よろけながら、陸橋の階段をおりてきた。

「だめっ、逃げて……」

ユカは悲鳴のような声をあげた。

ぎくっと、立ち止まった守が、踵《きびす》を返して逃げだしたのと、サングラス男たちが走り出したのが同時であった。

「動くなっ。殺人未遂で逮捕するっ」

拳銃を構えて立ちふさがった藤堂と一緒に、刑事たちもいっせいに躍り出た。

淳は必死になって守を追った。お互いの息づかいがお互いの耳に、ぜえぜえときこえていた。よろけ、転び、起き上って、追う者も追われる者も、最後の力をふりしぼった。

二人はいつのまにか、競技場の広いスタンドに入っていた。

「止まれ、守っ。止まるんだっ」

淳は叫んだ。

一瞬、守が振り向いた。そして、絶望にゆがんだ笑いを浮かべて、妙にゆっくりと拳銃を構えた。

「さあ抜け。おまえも拳銃を撃ってみろっ」

だが、淳は黙って、守を見つめていた。静かな、おだやかな眼だった。

「撃てっ。なぜ、撃たないんだ」

「おれは撃たない……」

そういって淳は、上着を開いて見せた。拳銃はなかった。

「置いてきたんだよ。なあ、守……おれだっておまえと同じように、拳銃が好きだ……だけど、おれが撃ち殺したいのは、おまえのような奴じゃない……」

「うるせえっ。おれをなめやがって……」

守はふるえながら、拳銃を向けた。

「ばか者っ」

二人の後ろから、大喝がひびきわたった。

密売組織の連中を、一人もあまさず逮捕して、駆けつけてきた藤堂だ。山村と島につきそわれたユカも、祈るような眼で、守を見守っていた。

「早見の言うとおりだ。おれたちは人殺しではない……おまえだって、殺したくて殺したのじゃあるまい」

藤堂は静かに話しかけた。

「銃を捨てろ……捨てるんだ」

守の構えていた右腕が次第にさがり、崩れるように膝をついた。

「守っ」

ユカは泣いていた。

「おれ……ただ、ピストルが欲しかった。持ってみたかっただけなんだよ」

幼い子供のように、守の両眼からは大粒の涙がこぼれ落ちている。

「それをあのシロウの奴は、売りつけたあとで、おれをゆすりやがった……約束の倍の金を出さなけりゃ、ばらすって……おれ、撃つ気なんかなかった……本当だ、本当なんだ。ユカっ、助けてくれよう」

恐ろしさに、身悶えながら泣き伏してしまう守だった。

そんな守の姿を、淳は眉をよせ、暗然として見ていた。

山村が感情をおさえた顔で、守に手錠をかけた。

「ご苦労だった、早見刑事」

肩をポンと叩かれて、淳は振り返った。

藤堂の深い眼が、きびしく、が、温かく、淳を見つめていた。

事件解決の乾杯は警察病院の、石塚の病室で行なわれた。

「ふうっ、うめえ」

ひと息にコップのビールをあけて、石塚が満足そうに呻いた。

「病院での乾杯も、いいもんですね」

「ばか。医者に知れたら、大目玉だぞ」

山村が笑いながらたしなめた。

「気にしない、気にしない」

「本当は強制退院させられたくて、うずうずしているんだろう」

野崎の言葉にみんなが笑った。

そこへ、大きな花束を抱えた伸子が、入ってきた。

「ごめんなさい、遅くなって……お花を買ってたもんだから……」

と、いいかけて、伸子は、あらっ、と意外そうに声をあげた。

石塚の枕もとの花瓶には、カーネーションとスイートピーが、愛らしくいけられてあった。

「このお花、誰が……」

伸子にそういわれて、一同は、はじめて気がついた。

「おい、誰の贈物なんだ。白状しろ」

「お安くないね、ゴリさんも……」

それぞれにひやかされた。

「誰だと思う……」

石塚はにやにやしながら、藤堂に視線を送った。

「あっ、ボス……」

伸子が眼を見張って、藤堂に視線を注いだ。

藤堂はひどく照れて、逃げるように病室を出ていった。

淳もあとを追った。そして、なんとなく肩を並べて、病院の廊下を歩いていった。

「あの時は……」

ふと、藤堂がまっすぐ前を向いたまま、ひとりごとのようにいった。

「あの時、犯人がどうしても、拳銃を捨てなかったらどうする……」

淳はしばらく考えてからいった。

「ボスならどうしますか」

「さあな。おれにもよくわからん。だが、ひとつだけ、はっきり言えることがある」

病院から出ると、明るい太陽がまぶしかった。

「それはな……人間が人間を平気で撃てるようになったら、おしまいだってことだ」

そういって、藤堂はタバコに火をつけると、うまそうに吸った。

淳はその横顔をまたたきもせずに見つめ、それから、大きくうなずいた。

やがて二人の姿は、雑踏のなかに消えた。今日も暑くなりそうな大都会……。

時限爆弾街に消える

七曲署の捜査第一係室にその電話があったのは、早見淳の当直明けの朝だった。電話を受けたのは、ちょうど部屋にいた少年係の内田伸子だ。

「マカロニくん、お友だちから電話よ」

「いない。もう帰って寝ちまったよう」

「でたほうがいいわ。名前もいわないし、ちょっと変なの」

「眠いんだ……」

淳は眼をこすり、あくびをして、受話器を伸子からひったくるようにとって、

「もしもし、早見ですが……」

と、けだるい声で応じた。

――おれよ、今日は一日じゅう、おまえを楽しませてやろうと思ってんだ――。

若い男の声が、低く流れてきた。

「あんた、誰だい」

――そいつは言えねえな。早見刑事さん――。

「おれは眠いんだ、いいかげんにしてくれ」

淳が電話を切ろうとした。

――爆弾がぶっとぶんだ。それでもまだ眠いかよ――。

「なに、爆弾っ」

叫ぶような淳の声に、藤堂と山村は思わず顔を見合せた。

「冗談はよせよ」

笑いかけた淳の唇が、妙にこわばっている。

――冗談なもんかよ。今日じゅうにおれは、爆弾を二つ仕掛ける。一つは十二時に爆発するんだ――。

「本気なのか」

――残る一つは六時に、ドッカーン――。

赤電話らしい。切れる前の通報がきこえてきた。

「おいっ。あんた誰なんだ。どうしておれを知ってるんだっ」

だが、狂的な笑い声が返ってきただけで、電話は切れてしまった。

「ねえ、爆弾がどうかしたの……」

仲子が心配そうにきいた。

「冗談さ。どこかのフーテン野郎が、おれをからかってるんだ」

「冗談かどうか、おれが判断する。報告しろ」

藤堂の表情はきびしかった。

「今日じゅうに爆弾を、二個仕掛けるといってました」

淳は電話の内容を告げた。その時、おはよう、と陽気な笑顔ではいってきた石塚が、
爆弾、ときいて立ち止まった。そして、みんなの緊張しきった顔に気づいたようである。

「場所は……」

重ねて藤堂がきいた。

「いわないいんです。それに、名前も……」

「そのへんは、いたずら臭いなあ」

山村がつぶやいた。

「うん。しかし……」

藤堂が考えこんだが、再び、机の電話がけたたましく鳴った。

淳が受話器をとった。

「はい、捜査第一係です」

――早見か。さっきの続きだから、よく聞いとけよ――。

あの男の声だ。

藤堂は素早く机の引出しのテープレコーダーで、録音とモニターの操作をはじめた。山村はすぐ別の電話で、逆探知《ぎゃくたんち》を依頼した。

「冗談はよせっていったろう。おれは眠いんだよ」

――嘘をつけ。内心じゃあ、いらいらしてるんじゃないのかよ――。

「ばかをいえっ。こんないたずら電話に、いちいち神経を使っていたんじゃあ、体が持たないよ」

相手を怒らせ、少しでも何か喋《しゃべ》らせようという淳の腹だった。

――そうか、信じねえっていうんだな――。

「ああ、信じるもんか。第一、爆薬なんて、そうおいそれと手には入らないからね」

――よし、教えてやろう。多摩丘陵《たまきゅうりょう》の工事現場から、ちょろまかしたんだ。調べてみりゃわかることだぜ――。

藤堂は石塚に耳打ちした。石塚はうなずいて、足早に出ていった。

――それからよう、逆探知器でひっかけようたって、そんな手にはのらないよ――。

電話は切れた。

「どうだ。どこの誰だか思い出さんか」

「知りません。こんな奴」

「なにかで早見くんを、恨んでいるのかもしれないわね」

　伸子も藤堂につづいていった。

「うん。おまえを名指しできてるんだ。二年間の警邏《けいら》中には、いろんな奴と出会ったろう。その中に、こういうことをやりそうな男はいないのか。特におまえを恨んでる奴だ」

「いませんっ。そりゃ……失敗は何度もやった。でも、この二年間、おれなりに一生懸命にやったんです。こんな悪質な、いやらしい仕返しをされそうな……そんな扱いをした相手は、ひとりもいません」

　と、淳が声を大きくした時、石塚がすごい勢いで戻ってきた。

「ガセじゃない。本ものです」

　石塚はひと息ついてからいった。

「ダイナマイト十本、多摩丘陵の工事現場から、盗まれたそうです、三日前に……」

　藤堂はインターホンのボタンを押して、通信係に緊急発令を伝えた。

「本朝八時四十五分、外線より男の声で、ダイナマイトによる爆破予告の通報あり。年齢推定二十四、五歳、姓名、職業、所在など不明。都内全域の警戒および爆発物処理班の出動用意を乞う。以上っ」

壁の掛時計は十時三十分だった。

淳はメモ用紙に思い出す名前を、書いたり消したりしていた。疲労がはっきりと顔に出ている。

山村、石塚、野崎たちが、期待するようにまわりを取りかこんでいるが、どうしても思い出せない。いや、そんなばかなことをするような奴は、淳の記憶にはなかったのだ。

「はい、朝ご飯よ。お腹すいたでしょう」

伸子が牛乳、トースト、コーヒーを運んできてくれたが、食欲などまるでない。

「サービスしたって無駄だぜ。知らないものは、思い出しようがないからな」

「すねている場合じゃないでしょう。正午には、ほんとうにどこかで爆発が……」

と、いいかけた一瞬、電話のベルがひびいた。

「待てっ」

走り寄って受話器をつかもうとした淳を、藤堂が制した。

「シンコちゃん、出てくれ」

「え……」

「早見はお茶を飲みにいった……たいして気にしていない、という喋り方をするんだ」

伸子は黙ってうなずくと、鳴りつづけている受話器をとった。

「こちら捜査第一係です」

――早見を出してくれ――。

「早見さん、いまちょっと、お茶を飲みに出てますけど……」

――お茶を……あの野郎っ、おれをなめやがって――。

「あっ、あなたなのね。さっきから早見刑事をからかってるのは……」

――からかってるっていうのか――。

「あなたいくつ……十八ぐらいでしょう。だめよ、つまらないいたずらしちゃ……」

――やめろ。おれはそんなガキじゃ……そうか、おれを引っかけようてンだな。そうはいかねえよ。あんた婦警だろう――。

「ちがうわ、ここの事務員よ」

――へえ、本当かね。美人かい――。

「そうね。みなさん、そうおっしゃるわね」

気軽さをよそおって応じていたが、伸子の額からは冷たい汗が滲み出していた。

「ねえ。あんたなにが言いたいの……男だったらもうちょっと、ハキハキしなさいよ」

――やっぱり地金が出てきやがったな。婦警って、そういう言いかたをするんだよなあ。あんた年齢《とし》、いくつ――。

「八十五歳っ」

――えっ、八十五だって……そいつは面白えや――。

男の乾いた笑い声が、受話器の奥から無気味に伸子の耳に刺さってくる。

――あんた、気にいったよ。だから、いいこと教えてやらあ。実はな、いま二つ目の爆弾を仕掛けたんだぜ――。

イヤホーンできいていた藤堂と淳は、さすがに顔色が変わっていた。

「二つ目……駄目よ。いくらそんなことを言ったって、誰も信じやしないわ。ねえ、あたしとどこかで、会ってくれないかしら……早見刑事に言いたいことがあるなら、一緒にいってもいいのよ」

――デートの申込みかい。どいつもこいつも、ろくな奴はいねえよな――。

「ねえ、もしもし……聞いてるの」

――よしっ。そんなにおれが信用できねえんなら、爆発の現場を見せてやるぜ。いいか、早見の野郎にいっとけ。登戸《のぼりと》鉄橋の北側の川原へ、十二時までにひとりでこいってな。わかったか、ひとりでだぞ――。

その男、三谷幸吉はそれだけいうと、叩きつけるように受話器をかけて、電話ボックスの外へ出た。

そこは新星ボーリング場の、駐車場わきにある公衆電話のボックスだった。

「くそっ。いいカッコウしやがって……」

三谷は眼の前の光景に、唾でも吐くようにつぶやいた。

いまテレビでも人気のプロボーラーの笹川が、若い娘たちの嬌声にかこまれながら、真っ赤なスポーツカーに乗るところだった。いずれ外車だろうが、赤い車体《ボディ》はまるでゴージャスな宮殿のように光り輝いていた。

サングラスに白いブレザーコート、胸のポケットには、スラックスと合せたブルーのハンカチがのぞいている。まるで映画俳優のように、派手なスタイルの笹川だ。

「ありがとう……」

娘たちから花束や縫いぐるみの人形を受けとって、スポーツカーに乗りこんだ笹川は、軽快なエンジンの音を残して、真昼の街に走り去っていった。

「おまえなんぞ、死んじまえばいいのさ」

暗い眼でじっと見送っていた三谷は、駐車場の隅に停めてあった黒い単車に、ゆっくりとまたがった。

いかにもマシンという感じのダイナミックな単車二五〇を飛ばして、淳が登戸鉄橋の川原に着いたのは、十二時五分前だった。

明るい陽ざしを浴びて、アベックや親子づれの客たちが幾組か、ボートを浮かべて遊んでいた。

淳は舟着場の横のボート小屋で、のんびりと週刊誌を読んでいるおやじに、駆け寄っていった。

「おじさん。お客さんたちをすぐに、待避《たいひ》させて下さい」

淳の大声も、鉄橋を通過する電車の音にかきけされた。

淳は警察手帳を見せて、もう一度いった。

「この辺りに爆弾を仕掛けた、という通報があったんです。すぐにみんなを待避させないと……」

「爆弾だって……」

おやじは飛び上がった。

びっくりしたおやじが携帯スピーカーで、

「ボートのみなさん。大至急、上ってください。このあたりに、爆弾が仕掛けられている、という警察からの連絡がありました」

怒鳴りまわっている声をききながら、淳はまず舟着場とその付近を調べた。

だが、それらしいものは見当らない。

淳の腕時計は三分前だ。焦《あせ》った。

川原はもう大騒ぎになっている。みんな慌てふためいて、土手に駆け上っていく。転んで泣き出す子供もいた。

ボート小屋の積みあげたボートの間を、夢中で探しまわっている淳に、もう半分は逃げ腰のおやじが、おろおろ声をかけた。

「こ、ここじゃないでしょう。あたしは朝から出入りしてましたからね」

「他に、爆弾を仕掛けそうな場所は……」

「そんなことは、あたしだってわかりゃしませんよ」

戸口に立ったままで、それでもおやじはあらためて川原を見わたして、

「あれは……なんだ、あれは……」

と、川面を指さした。

川上から客の乗っていないボートが一隻、ゆらゆらと流れてくるのだ。その艫《とも》に吊り下げられているビニールの袋のようなものが、淳の眼にもはっきり見えた。

「あれだっ」

淳が走り出したのと同時に、轟音と共にボートが砕け飛び、凄い水柱があがった。

「畜生。やりやがった……」

対岸に駐車している自動車《くるま》の列にまぎれこんだ覆面車から、双眼鏡でのぞいていた山村が叫んだ。石塚も土手の上で建設現場労働者に変装していたが、思わず跳ねあがっていた。

「あのボートを借りた奴は……おぼえていませんかっ」

あっけにとられて、蒼ざめているおやじに、淳は喚くようにきいた。

「どんな男だったか……確かジャンパーを着た、まだ若い……」

なんとなく川原から土手のほうを眺めまわしたおやじが、ぎょっとしたように、一点を見つめて止まった。

かなりはなれてはいたが、土手の上の野次馬のなかに、単車にまたがったその男がいたのだ。三谷だった。

「あいつだっ」

おやじの喚き声に、淳はものもいわずに駆け出した。

気づいて逃げ出す三谷の単車を、淳の二五〇が砂ぼこりをあげて追った。


七曲署の調べ室だった。

不貞《ふて》くされて、ぶすっとおし黙った三谷の頬には、先ほどの淳との乱闘で、あざができていた。もっとも、淳の顔もかなりはれあがっている。

「三谷幸吉、二十五歳、板金工。声紋というれっきとした証拠もあるし、ネタは割れてるんだ。いいかげんで、黙秘権なんていうばかな真似はやめたらどうだ」

山村が静かにいった。

「なんでおれを名指しした……そのわけをいったらどうなんだっ」

淳が睨みつけた。

「わからなきゃあ、考えたらいいだろう」

嘲《あざけ》るように三谷がいった。

「ただし、六時までにしてくれよな。六時にもう一個がドカンとくりゃあ、こんどは何人かが確実に吹っ飛ぶもんな……早見刑事さんよ、そいつはおまえの責任だぜ」

「おれの……」

「そうじゃんか。せっかくご指名で教えてやったんだ……今日の六時には、二発目がドッカーン、ってな。だから、それを止めるのはおまえの仕事さ」

淳はたまりかねて、いきなり三谷の胸ぐらをつかんだ。

「やめろっ」

山村は淳を叱りつけてから、

「なあ、もう一つの爆弾、ヒントぐらい言ってくれよ。われわれがそれを解けなかったら、その時に笑ったって遅くはないだろう」

「そんなに知りてえか……」

「うん、知りたいな」

「じゃあ、教えてやるかな」

三谷がそういって、思わず、身を乗り出す淳に、

「やあーめた」

と、楽しそうに笑った。

「山さんっ」

淳は拳を握りしめていた。

「こんな奴のいいなりになっていた。

「調べはおれがしてるんだ。それが気にいらなかったら、出ていってくれ」

かっとなった淳は、山さんの勝手にしろっと部屋から出ようとしたが、必死に己をおさえて席に戻った。

「そうさ、それでいいんだよ。おまえがいっちまっちゃ、おれもさびしいもんな」

山村は淳の肩を軽くゆすぶった。

それを見て、机を叩き、のけぞって笑う三谷の眼には異常さがにじみ出ていた。

時は刻々に過ぎていくが、取り調べの成果はゼロ、聞き込みに歩きまわっている野崎や島にも、なんの手がかりもない。

カツ丼をとってやると、三谷はうまそうにたべはじめたが、疲れきって、やつれはてた淳と、まったく対照的であった。

「なあ……頼むから教えてくれ。あんた、おれとどこで会ったんだ」

「おまえ、ほんとにおぼえてねえのかっ」

三谷の顔から薄笑いが消えた。

「おぼえてない……」

三谷はいきなり、丼と箸を放り出して、

「謝れっ」

「え……」

「おれはな、おまえのために、一生を棒に振ったんだ。謝れっ、あの時はわるうございましたって、謝るんだ」

憎悪が炎のように、三谷の眼の中で燃えていた。

「なにか、勘ちがいじゃないのかね。おれにはそんなおぼえは……」

「謝るのはいやだっていうのかっ」

「ああ、いやだね」

突然、手錠のままで、淳につかみかかろうとした。怒りのせいか、唇がひくひくとけいれんしている。

「まあ、待て……早見がなにをしたのか知らんが、代わりにおれが謝る。な、いいだろう」

「山さん、止めて下さい。そんな……」

「おまえは黙ってるんだ」

山村は淳を押しのけて、悪かった、と三谷の前に頭をさげた。

「駄目だっ。ちゃんと土下座をして、謝るんだ」

がなり散らす三谷を見据えた山村は、すぐ無表情になって、膝をついた。

「なんでそんな馬鹿なことを……」

山村を引き起こそうとした淳は、逆に山村に突き飛ばされた。

「わるかった……」

膝をついてから、両手をついた。

淳は眼をそむけ、血のにじむほど唇を噛んだ。

山村は静かに立ちあがった。

「気がすんだろう、これで……」

そういってから、たべ残しのカツ丼を三谷の前に押しやった。

「ふん。おまえなんぞが謝ったって、腹の虫はおさまりゃしねえや……食いたかねえよ、こんなもの」

力いっぱい丼を払いのけた。カツと飯が、ひっくり返った丼からこぼれ落ちた。

山村は黙って、そのこぼれた飯とカツを、拾い集めていた。

すでに時計は、三時に近い。

捜査第一係室では藤堂が、署長を始め、本庁からのお偉方たちに責めつづけられていた。

石塚の運転する覆面車は、大通りをゆっくりと走りつづけていた。後部シートには手錠をはめた三谷をはさんで、山村と淳が乗っている。三谷の手錠は、山村につながっていた。

始め、三谷を外へ連れ出して吐かせる、という山村の考え方に、署長や警視たちは猛烈に反対した。「もし、失敗したら……」という不安からだった。しかし、藤堂だけが断乎として、山村を支持したのだ。

「刑事なんて甘えな。外へ連れ出したら、場所を言うとでも思ってんのかね」

「そう言わずによ、ヒントぐらいくれよ」

「そうだな、ヒントぐらい、教えてやってもいいかな」

さも嬉しげにつぶやく三谷だった。

最初は屑鉄屋であった。石塚と淳が泥まみれになって、スクラップの山を探しまわったが無駄だった。

次はひどい臭気のどぶ川だ。ここでも二人がズボンを膝までまくって、泥水のなかを探した。

「そう……ちょい右、いや左だったかな。やっぱり右かな」

橋の上から三谷は、二人をからかってよろこんでいる。

山村は腕時計を見た。四時を五分、過ぎていた。

三番目に三谷がいったのは、私鉄バスの車庫だ。乗務員や整備士と一緒になって、バスの下にもぐった淳も石塚も、油と汗と泥で真っ黒だった。無論、なにも出てこない。

「ここもちがうようだな。さて……次はどこなんだ」

山村は根くらべだと思っている。

「あきたな、おれはもう……」

「次はどこだ」

「ばかだなあ、おまえたち……これが刑事の仕事なのかよっ」

三谷はいら立っていた。

「さあ、とにかく行こう」

従業員たちに礼をいって、山村は強引に歩き出した。

淳と石塚が黙ってうしろについていた。

「刑事さんよ、いやにすたすた行くな。この辺、くわしいのか」

「まあな、三谷とおれとどっちがくわしいか……」

「フン……」

にぎやかな大通りに出て、陸橋を渡った時、山村は三谷をのぞきこんだ。ほんのかすかにではあったが、三谷の表情に狼狽《ろうばい》が走ったのを、見逃しはしなかった。

「別に……ただ、にぎやかな街を歩きたくなっただけさ」

やがて、新星ボーリング場の建物が視界にはいってきた。

「おれ、この辺に爆弾を仕掛けたのかなあ。どうだっけなあ」

妙にうきうきしながら、口笛を吹きはじめた三谷の横顔に、山村の眼が鋭く光った。

「どこかなあ。あっちかな、こっちかな」

歌うような調子で、駐車場の前を通りすぎながら、三谷の視線はひとりでに、笹川のスポーツカーが止まっていたあたりに走っていた。

「この駐車場になにがあるんだ……」

山村がぴたっと動かなくなった。

「知らねえな。おれは……」

刺すような視線に、三谷の頬が硬直した。

「こいっ」

山村はいきなり三谷の肩をつかむと、うむをいわさず、引っ立てていった。

「ゴリさんっ」

「おう、やったぞ、山さんっ」

淳と石塚は眼を輝かして、山村の後を追ってボーリング場に駆けこんでいった。

この事務所での山村の尋問の凄さには、さすがの淳も、息をのんでしまった。

手錠をはずして突き飛ばす、頬を張り飛ばしてのしかかる、のどを締めあげる、また殴りつける。涙と鼻血で汚れた三谷の顔は、恐怖にゆがんでいた。

「畜生っ、訴えてやるぞう」

転げまわって悲鳴をあげる三谷の髪をひっつかんで、

「ああ、訴えろ。だが、貴様が口を割るまでは、おれはなんでもするぞっ」

山村はもう一度、殴りつけた。


三谷は喘ぎながら、爆弾をプロボーラー笹川のスポーツカーに仕掛けたことを白状した。爆弾はコアラの縫いぐるみの中にある。

ただちに、テレビ局にいる笹川に、連絡がとれた。

ところが、笹川が言うには、そのコアラなら、いつものファンの贈物だと思って、通りがかりの可愛い少女にやってしまった、というのだ。

――七つか八つの女の子で……そうだ、新星ボーリング場のクラブの会員ですよ、その女の子のお母さんが――。

電話の笹川の声も昂ぶっていた。

事務員が山村と代わって、笹川から母子の特徴をきいた結果、目黒区の飯島敬子という三十歳の主婦であることが判明した。

山村は事務所の電気時計を見上げた。四時五十分。爆発まで、あと一時間と十分だ。

石塚はすぐに電話のダイヤルをまわした。だが、母子はまだ帰宅していないらしい。

呼出音ばかりが、空しくひびくだけだった。

「よし。呼びつづけてくれ」

石塚にいってから、山村は藤堂に連絡をとった。

「……目下所在不明。至急手配願います」

このあわただしい事務所の中で、手錠でつながれた淳と三谷だけは、ひっそりとソファに坐っていた。いや、三谷は身をちぢめ、まるで少年のように泣いていたのだ。汚れた頬に、涙がとめどなく流れている。

警察は広報車を街頭に出して、そして、ラジオやテレビも動員して、飯島敬子を探した。

「飯島敬子さん、エミちゃん。あなた方が持っているコアラの縫いぐるみは、危険物です。ただちに一一〇番へ連絡して下さい。お二人が現在いる所をご存じの方も、至急連絡して下さい」

スピーカーから流れる声が、街から街へひろがっていった。

「あとはもう、運を天にまかせるだけだ」

山村は疲れたように瞼を閉じた。

五時を四十分過ぎていた。事務所の中は、無気味な沈黙がつづいている。

「もう一度だけ聞く。あんた、どうしておれを名指しで来たんだ」

その沈黙を破って、淳が三谷にたずねた。

「どうしてだって……まだわからねえのかっ」

激しい憎悪が再び三谷の顔にあふれた。

「いいかっ。おまえのおかげでおれは、大事な就職試験を駄目にしちまったんだ。凄くいい条件だったんだ……だが、それからはもう、なにもかもうまくいかなくなっちまったんだ」

「待ってくれ、それがおれと……」

「おれを泥棒よばわりして、捕まえたじゃねえかよ。非番で制服も着てねえくせに……」

あっ、と淳は思った。

(そうか、あの時の……)

淳がまだ本富士署に勤務していたころだ。

夜勤あけの帰途、泥棒っ、泥棒っ、という女の叫び声を聞いた直後、路地から走り出てきた男を捕まえて、通りかかったパトカーに引き渡したことがある。

「就職試験の時間に遅れそうで、おれは夢中だった。それをあのパトカーの奴、無実のおれを十五、六分も小突きまわしやがった」

「だけどなあ……」

石塚が口をはさんだ。

「逃げようとしたり、態度が悪かったりすりゃ、こっちだってなにかあると思うぜ。そこで捕まえたのは、警官としての……」

「そうさ。勘ちがいしたのは当り前だろう。だがよ、おれはそんなことを、怒ってんじゃねえんだ」

三谷の眼から涙が、とめどなく流れて、頬を伝わった。

「おれをパトカーに引き渡したあとで、おまえはなんて言った。おれの一生を台なしにしといて……死にてえような気持のおれの眼の前でよ……」

その時、淳は確かにこう言った。では、失礼します、夜勤あけなもんで、とにかく腹ペコなんでね、と……。

「腹がへったからって、どうだってんだ。人の気も知らねえで……」

まるで幼い子供のように、三谷は泣きつづけていた。

「そうだった……」

淳はうつむきながら、誰にいうともなくつぶやいた。

「おれのしたことは、間違ってはいない。だけど、あの時おれは……おれはこの人の気持なんか、まるで考えていなかった……」

ひと言、ひと言己の心に沁みこませるようにいった。

眠っていたような山村が、そっと瞼を開いて淳を見た。

「おれ、わるかった……謝ります」

膝に手を置いて、淳は頭をさげて詫びた。

この時、電話が鳴った。

山村がはじかれたように飛びついた。

「はい、山村です……えっ、居場所がわかったんですかっ」

いつも無表情な、今日は特に疲れきった顔が、太陽がさしこんだように輝いた。

連絡は藤堂からだった。

場所は新星ボーリング場に近い、佐伯ビルの地下、新藤歯科医院だという。母子は毎日のように、虫歯の治療に通っていたのだ。とりあえず退避命令を出してあるが、縫いぐるみのコアラは、待合室に置いたままである。

——爆発物処理班も直行しているが、三谷がいるだろう、奴が最適任者だ。しかも、眼と鼻の先だからな——。

「わかりましたっ」

受話器を置いた山村は、

「早見、三谷と一緒にくるんだ」

と、事務所の外へ飛び出していった。

時計は六時七分前であった。

サイレンを鳴らしながら疾走する覆面車のなかで、山村は三谷にいった。

「こんな街の真ん中じゃあ、どこへ捨てることもできないんだ。やってくれるな」

三谷は黙ってうなずいた。

淳も黙って手錠をはずした。

佐伯ビルに到着したのは、六時三分前。

山村、三谷、淳、石塚の四人は、急停車した覆面車から飛びおりると、いまは無人の佐伯ビルに駆けこんでいった。

新藤歯科医院のガランとした待合室のベンチに、コアラが愛くるしい顔で転がっていた。

待合室の時計は、五時五十八分をさしている。

「ナイフ！」

縫いぐるみをつかんだ三谷が叫んだ。

淳が治療室に飛びこんで、医師用のメスを持ってきた。コアラの腹を裂く。三谷は手を突っ込んで、時限爆弾の時計をつかみ出した。その時計では十秒前だ。

三谷はメスにコイルを巻きつけて、力いっぱいねじ切った。

秒針が止まった。

力つきたように、どっかりとベンチに坐りこんでしまったのは山村だ。石塚も、淳も、そして三谷もまた、汗まみれながら真っ蒼《さお》だった。

「イヤッホー、助かったぞう」

石塚がコアラを天井に放りあげて、突拍子《とっぴょうし》もない声を張りあげた。

こらえきれなくなったのか、不意に、三谷がうつむきかすかな嗚咽をもらしはじめていた。

小刻みにふるえるその肩を、淳はそっとおさえている。


三谷をパトカーに乗せて見送った時には、もうすっかり暗くなっていた。

にごった東京の初夏の夜空にも、ひとつふたつと……星がまたたいている。淳は伸子と肩を並べて、その星を仰いでいた。

「彼に……謝ったんですってね」

伸子がささやくようにいった。

「立派だと思うわ、とても……」

「よせよ」

淳はなんとなく鼻をこすった。

「確かに立派だ……少なくとも、その点に関してだけはな」

藤堂がうしろから、二人の肩を叩くように抱いて、

「シンコちゃん、今夜は「宗吉《むねよし》」でマカロニにうまいものでも食べさせてやってくれ。勘定はおれにつけといていい……」

と、長いコンパスでゆっくり覆面車のほうへ戻っていった。

(ひとつひとつ、なにかにぶつかりながら……あいつも大きくなっていくんだ)

心でつぶやき、藤堂はなぜかひどく楽しかった。

七曲署にほど近いところに、大衆食堂なみのこぢんまりした一杯飲み屋があって、宗吉といい、捜査第一係のモサ連がなじみにしている店だった。

「マカロニくん、なにを食べる、それとも、その前にビールでも飲む?」

カウンターに淳とならんで腰かけて、伸子はかっぷくのよい中年の主人にいたずらっぽいウインクを送って、

「この勘定、ボスのおごりよ」

「あっそう、新米さん、なんだかふさぎこんでるようだが、そういちいち事件のたびに考えこんじゃ、刑事はつとまらないよ。おれの若いころなんか……」

「おとうさん！」

「あっ、そうかそうか」

と、冷蔵庫からビールを取り出す主人は、内田宗吉《そうきち》、すなわち伸子の父親だった。

もとはきれものの鬼刑事といわれた人物、その豊富な経験とカンのよさは現役を退いても、なかなかどうして捨て難いものがあり、それだけに本人も昔の自慢話をしたがるし、事件へのナゾ解き熱も強かった。

娘の伸子にしてみれば、父親の自慢話は耳にたこ、しばしまったと口で制するか、目でストップをかけるのが毎度のことだった。

「なんだ、きみのおとうさんか……」

「そうなの、おとうさん、この人が早見淳刑事、マカロニくんよ」

伸子があらためて紹介すると、宗吉はなんどもうなずいて、

「娘から聞いてたが、あんたはナウな刑事さんだそうだね。今晩はお互いに初対面、三人で乾杯といくか……」

と、カウンターにコップを三つ置いて、等分に注いだ。

淳が今日の事件でいろんな意味で精神的に打撃をうけているのを見抜き、その感情をほぐすように応待してくれている宗吉だった。

藤堂ボスは職場のおやじだが、ここのおやじさんはおれのこころの友になってくれそ

うだ……今夜は大いに飲もう！　と、淳の胸には少し明るいムードがさしてきた。

「乾杯！」

伸子が音頭をとった。

愛あるかぎり

警察病院の手術室——助手や看護師が定位置につき、執刀《しっとう》の外科医が島刑事の腹部から銃弾を取りだそうとしていた。手術台の島は、麻酔をかけられ死んだようにこんこんと眠っている。

島刑事は賭博場の手入れに警官とともに出動して、乱闘中に腹部に重傷を負い、警察病院へ担ぎ込まれたのだ。

見学室からガラスごしに心配顔でみているのは、山村、野崎、石塚といった七曲署の捜査第一係のメンバーたちであった。

やがて、島刑事の腹部から銃弾がとりだされ、どうやら手術は成功したようだ。

「だいぶ出血がひどかったようだな」

野崎部長刑事がほっとしてつぶやいた。

「うん。一時はどうなることかと思った」

石塚刑事もうなずいた。

「しかしそれにしても、刑事という仕事はぶっそうな仕事だよ」

しみじみと野崎部長刑事は独りごちた。

まったくその通りだ、いついかなるとき、命を落すかしれない。

山村刑事は、ふっと妻の顔を思い出した。

彼は医者から、妻の病気をなおそうと思うなら、刑事をやめなさい、と言われているのである。

山村刑事の妻の高子は、心臓病が、持病になっていた。彼女は、十日ほど前に、弁置換の手術をした。そのときの執刀医は、高子の胸部X線写真を山村刑事に見せ、

「手術によってたとえ血液の流れが円滑になっても、新しい血液の流れに対する適応調節にはかなりの時間がかかるのです。この間に無用な不安を与えて再発すれば、今度こそ奥さんはとりかえしのつかない事態におちいります。今が、奥さんにとっては一番大切なときなのです。ですから山村さん」

山村の顔をじっと見た。

「要するに私が刑事生活をやめることが、女房のために一番のぞましい、とおっしゃるのですね」

「そうです。常に生命の危険のともなう刑事という職業が、心臓病で苦しんでおられる

奥さんの心理をおびやかしているのです」

「……」

「さしでがましいことを言うようですが、私は医者です。病人の味方をすることも、医者の一つのつとめだと思っています」

「お話はよくわかりました。考えてみます」

山村刑事はそう答えながら、考えていた。

高子は口ではやめてくれとは一言もいわない。しかし心の中で願っているのはよくわかった。彼女は山村刑事が朝家を出てから夕刻すぎ無事に帰ってくるまで、ほとんど一日中心配しているにちがいなかった。

妻として当然であるといってしまえばそれまでの話で、痛々しいほど憔悴《しょうすい》しきった顔やからだをみていると、山村刑事は、堪えられなくなるが、一方の心の中で、

――おれが刑事をやめたら、世の中の悪人は誰が捕まえるのだ。

と自分が歩んでいる信念の道を変える気持はないが、妻のために刑事をやめ、叔父が経営している不動産会社へ勤めがえしようかとも考えて、高子に相談した。

「本当？　ほんとにあなた刑事をやめられるの」

高子は何度も念を押したが、その表情には、ほっとした安堵《あんど》の色があった。

その日、非番の山村刑事は、久しぶりに妻の高子と連れ立って町へ出た。

叔父に話して、適当な仕事を斡旋してもらうつもりの山村にとって、あるいはこれが刑事として最後の妻との外出になるかもしれなかった。

山村刑事は、賑やかな通りを妻と肩を並べて歩んだ。

その二人に気づかず、ゴリさんこと石塚刑事が、事件のない退屈さをコーヒーでまぎらわせるためにかたわらの喫茶店へ入っていった。

妻と歩きながら、何気なく路地の奥へ目をやった山村は、ふと足をとめた。

その奥で、女一人をまじえたラフな装いの若い三人組が、仕立おろしの背広を着こんだ会社員ふうの若い男と話し合っていた。しかし、山村の長い間にしみついた刑事生活の目がすぐさまそれをカツアゲの現場だと見抜いた。

妻の高子も気づいて、あわてて夫の腕を摑んだ。

「あなた、やめて。お願い。……今日だけは何も見なかったことにして……」

しかし、山村刑事の足は路地へ向かって動きはじめていた。たった今、三人組の一人が、会社員ふうの青年のポケットから財布を抜きとるのを目撃したのだ。

「あなた、いかないで！」

「心配するな、今日のおれは刑事じゃない。一人の市民なんだ」

山村刑事は妻へ微笑して、足早に若者たちのほうへ歩いていった。

若者たちは、その気配にふり向いて、

「なんだよオ」

山村刑事は黙って若者たちを見詰めた。

「ジロジロ見ンじゃないよ。アタイたちをおこらすと、オッサン死ぬかもしんないよ」

女の子が、とがった顎をしゃくった。

「君らを怒らす気はないがね。かえしてやるんだ」

山村刑事は、微笑を浮かべながら言った。

「なんのことだい」

若者の一人がとぼけた。

「そこまでおれにいわせる気なのかい」

「まるでおれたちがカツアゲでもしたようなことを言うじゃねえか」

と、長髪の若者が目を剝いた。

「いいがかりだ。ねえ、そうだろう」

女の子が、会社員ふうの青年へ、同意を求めた。青年は怯《おび》えた目をしばたたかせる。

「くどいことは言わん。おれは見ていたんだ。彼の財布を彼に返してやればおれはおとなしく引きさがる。な、円満にそうしようじゃないか」

山村刑事は相変らず微笑を浮かべながら言った。

その落ち着いた素振りが、かえって若者たちの恐怖を招いたようだ。

丸顔の若者が、探るような目で、

「お前、デカか？」

と、訊いた。

「まア、そんなことどうでもいいじゃないか」

山村刑事が答えたとたん、長髪の若者が、拳《こぶし》を固めて打ちこんできた。

ひょいと身を沈めて相手のパンチをかわした山村刑事は、素早く反撃のストレートを長髪のストマックへ叩きこんだ。うっと呻いて、長髪は体をくの字に折った。

「あ、あなた……」

ふいに、山村刑事の背後で妻の悲鳴がした。はっとして振り向いた山村の目が、思わぬ態にうろたえた。女の子が、高子の咽喉《のど》へナイフを突きつけていたのだ。

高子は恐怖に蒼ざめている。

「よう、レイ子、なかなかやるぜ」

長髪が、にやにやしながら、女の子からナイフをうけとり、代わって高子の咽喉もとに突きつけた。

「お前、デカだな」

長髪が探るような目で言った。

「そうだ。おれはたしかにデカだ」

山村刑事は苦笑しながら答えた。

「しかし今は職務をはなれた一市民だ。だからお前たちが財布をかえし、女房を自由にしてくれたら、今日は目をつむる。女房をはなしてくれ」

「フン、デカの言うことが信用できるかよ」

「本当だ。おれを信用しろ。お前たちを捕まえたりしない」

「笑わせるな！　おい、イサオ！」

長髪は、丸顔の若い男へ声をかけた。

「このデカの女房を人質にズラかろうぜ」

「シロウ。そいつはいい考えだ」

イサオは楽しげに黄色い歯を見せると、勝ち誇ったような目を山村刑事へ向けた。

「いいか。変な気をおこしやがると、女房の命がねえぞ」

「そうだ、そこでじっとしているんだ」

イサオとシロウは、高子の腕を強引に引っぱって走りだした。

「イサオ、待ってよウ！」と、レイ子もその後を追った。

山村刑事は無念だが、高子の身の安全を考えると、手出しもならず、間隔をおいてあとを追った。

「お願い、はなして、胸が苦しいの」

高子は、喘《あえ》ぎながら訴えた。

「うるせえ、バカヤロ！　はやく走るんだ」

と、怒鳴り、人ごみをわけて走りに走る。そしてちょうど停車した車をみつけると、

「おい、シロウ、その車に乗ろうぜ」

とイサオが声をかけた。

シロウはいま車から降りかけた三十七、八の男を、いきなり殴りつけた。

「あっ、何をするんだ」

ひるむところを、急所へ足蹴り一発。男は、うっと股間をおさえてうずくまる。そのすきに、シロウとレイ子は運転席と助手席に、イサオは高子の手を引いて後部席へ。

「高子！」

山村刑事が悲痛な声でよびかけた。

「あなた！」

高子も答えた。しかし、その夫婦のよびかけは一瞬にしてひきさかれた。

彼らの車は走りだした。

「おーい」

山村刑事はタクシーへ手をあげた。

その姿を喫茶店から出て来た石塚刑事がみつけ、駆け寄って、

「山さん、どうしたんです」

「あっ、ゴリさん、頼む、手をかしてくれ」

山村刑事は一声。

よし、と石塚刑事はのりこむ。

「警察の者だ、あの黒い車を追ってくれ」

山村刑事は身を乗りだして、高子のさらわれた車を指さす。

「山さん、一体どうしたんです」

あきらかにあせりと動揺の色をただよわせている山村刑事をみて、めずらしいことなので石塚刑事は不思議そうにきいた。

「実は……」

山村刑事はチンピラのカツアゲを目撃したことから、妻がさらわれるまでを、手短かに話した。

「ひでえ野郎たちだ、病人をさらうなんて」

石塚刑事の面上にも怒りがこみあげ、同時にひたと目を前の車に向ける。

逃げる車、追う車。どちらも必死にスピードを増してゆく。

交差点にさしかかった。

赤である。

前に車があって、チンピラ達の車は信号を無視して突っ走ることができない。

「畜生!」

シロウはいらだたしくクラクションを鳴らしたが、しかし前の車が動かなかった。そのうちに、山村たちの乗ったタクシーがすぐうしろにせまって来た。

「駄目だ、シロウ、降りよう」

「そうよ、このままでいたら捕まっちゃう」

「よし、出るんだ」

三人は車から転び出るように外へとびだし、高子も手をにぎられたまま引きずられて走った。

「お願い、手を放して、苦しい!」

高子は、苦しげに訴える。ひたいには冷たい汗がうかび、顔色は蒼白《そうはく》、唇の色も変わっている。

「うるせえ、ががた言うんじゃねえ、苦しいのはおれ達だって同じだ!」

イサオは怒鳴って、走るのをやめようとしない。

そのうしろを、山村と石塚の二人の刑事が追って行く。

やがて、人家のとぎれた、ドラム缶や古材の散在するなかにポツンと立つ掘立小屋が見えだした。

三人のチンピラは、高子をひっぱり、小屋めざして走る。どうやらその小屋が彼らのアジトらしい。

が、その十メートルほど手前で、とうとう高子は転んでしまった。もはやこれ以上走りつづけることに、彼女の心臓は耐えきれなくなったのだろう。

追って来た山村刑事と石塚刑事は、五メートルくらいまで接近した。そのとたん、

「それ以上近寄るな、近寄るとブスッとゆくぞ！」

とシロウの声が飛んできた。実際にシロウは、ナイフを高子の心臓の上に突きつけて、本当にやりかねないけだものじみた目つきをしているのである。

山村刑事と石塚刑事はたたらを踏むようにして立ち止まった。

それをみてシロウは、はっはっはと、笑って、腰から飛び出しナイフを取り出すと、

「これはインチキ物さ、こっちが本物なんだ。がたがたしやがると、今度こそ本当にブチ殺してやるぞ！」

とわめくと、今までのナイフを、山村刑事のほうへ投げつけて、高子をひきたてると、ゆうゆうと小屋の中へ入っていった。

その姿を見張って、山村刑事はぴくりとも動かなかった。その表情からは、妻の身を

案じる夫の不安と苦悩がくっきりとにじみ出ていた。

「山さん、この仕掛けナイフの指紋から連中の正体がわれるかもしれませんね。奥さんを楯にしてまで逃亡を企む奴らです。何かやらかしているに違いありません」

と、石塚刑事が拾ったナイフをハンカチにつつみながら言った。

「だろうな……。こうなったら持久戦より方法はない。連中の正体がつかめなければ話にならんからな」

「早速、署へ行って照合してきます」

「たのむよ、ゴリさん……。だが」

「なんです、山さん」

「知ってのとおりおれの女房は、生きるか死ぬかの心臓病の手術をしてまだ間もない。いまだに通院している身でね。今がいちばん大事な時なんだ。だから、どうあっても強硬な手段はとれないんだ」

「つまり事を荒だてたくないわけですね」

「うん。事を荒だてることは、恐らく今の高子にとって悪い結果しか生まないだろうと思う」

「新聞記者にでもかぎつけられたらえらいことになりますからね」

「おれはね、おれの手で女房を助けだしたいんだ。これがおれの本音なんだよ」

「わかりました。じゃあ署の連中にも伏せておきます」

「すまん、ゴリさん、恩にきるよ」

「なアに……」

石塚刑事は笑顔を残すと、そっと現場を離れて行った。

やがて一時間ほどして、署へかえって指紋照合をおえた石塚刑事は、戻ってくると山村刑事にその書類を渡した。

シロウの顔写真。

氏名、戸塚史郎。窃盗傷害ニヨリ×××少年院ニ送ラレル――小田勲男ト共ニ、二度ニワタリ少年院カラ脱走ヲ計ル――未ダ逃亡中――。

イサオの顔写真。

氏名、小田勲男。恐喝ナラビニ傷害ニヨリ×××少年院ニ送ラレル――戸塚史郎ト共ニ、二度ニワタリ少年院カラ脱走ヲ計ル――未ダ逃亡中――。

「手におえない連中ですね」

「うん。追いつめられれば、ますますキバを剝くって奴らだ……」

山村刑事の目に暗然たるいろがただよっていた。ますます妻の身が案じられるのであろう。

「どうします、山さん」

「とにかく説得してみよう。こうしていてもなんにもならない。当ってくだけろだ」

「しかし気をつけてくださいよ。なにしろ兇暴な連中ですからね」

「うん。奴らを刺戟しないためにも、脱走の件はふせておいたほうがいいかもしれないな」

「そうですね」

一方、小屋の中では――あっちこっちの壁にレコードのジャケットや雑誌から切りぬいたヌード写真がべたべた貼ってあり、ギター、フーテンバッグ、テープレコーダーなどが、雑然とおいてある。

そしてぐったり壁によりかかっている高子のそばには、ピーナッツが山のようにつんであった。

二人のチンピラと一人のフーテン女は、窓の隙間から外をうかがいながら、リンゴをぼりぼりと齧《かじ》っていた。

高子はぶるぶるっと身をちぢめた。それをみてフーテンのレイ子が、

「あんた寒いの？」

ときいた。

「ええ、底冷えがするわ。よかったらそこにある毛布を貸してくれないかしら」

高子はきたない毛布を指さした。

「ちぇっ、甘ったれるんじゃねえよ」

イサオがあざけりの声をかけてきた。

「アタイなんか真冬だって素足だよ。アンタ雪みたいに白い顔してんけど、どっかからだでも具合悪いの。ね、どこが悪いの？」

「心臓病なの。十日前に手術をおえて退院したの」

「ふん、心臓病ね……。それはご苦労さん。だけんど同情はしねえよ」

またもイサオがせせら笑った。彼には人間の心などまったくないのか、もっとも求めるほうが無理かもしれない。

「あたしは聞かれたから答えたまでよ。あなたがたの同情を買おうなんて思いません」

「ほう、そうかい、なら毛布なんか貸しゃしねえよ、へへへ……」

イサオの笑いに、はじめて高子の怒りがその蒼白い顔に浮かんだ。

そのとき外を見張っていたシロウが、

「呼んだおぼえはねえよ。なにしに来やがった」

と声をあげた。

山村刑事が近寄って来たのを見たからである。同時にイサオが素早く高子の咽喉もとにナイフを突きつける。一瞬高子の表情におびえが走った。

「おい、そこにいると目障りでいけねえ、あっちへ行ってな」

シロウがわめいた。

「待ってくれ、おれは話しあいに来たんだ」

山村刑事はつとめておだやかな声音で話しかけた。

「もう一度言うが、おれは公務をふりかざす気は毛頭ないんだ。女房を返してくれればそれでいい。お前たちにどんな過去があるかしらないが、おれには関係ないことだ。おれは今日一杯で刑事をやめる気でいるんだからな。とにかく女房を自由にしてくれ。なんなら、女房の代わりにおれが人質になってもいい」

「ふん、あんたじゃ役に立たねえな。自分より腕ップシの強いヤロウじゃ、気を許せねえからね」

「そうか、ところでお前たちの要求はなんだ。言ってくれ。おれに出来ることならなんでも要求にこたえよう」

「そんなこと言っちゃって、つかまえるチャンスを狙うんだろう、その手は食わないよ。あっちへ行け、シッ、シッ」

と、横あいからレイ子が口をとがらせた。

「そうだ、いいことを思いついた」

シロウが呟いた。

「いいことってなアに？」

「まア見ていろ」

シロウは窓の隙間から外へ向けてリンゴの食べかすをポイと投げて、

「おい、その食べかすを食ってみな。そうすりゃお前を信用するよ」

と言った。

山村刑事はリンゴの食べかすを拾った。泥と砂が附着して、むろん人間のたべられるようなものではない。

「さあ食えよ、いま要求にはなんでもこたえると言ったな。これがおれの要求だ！」

「そ、そんなバカなことはよして！」

高子がたまりかねて悲痛な声をあげた。

その瞬間、パチッと激しい音がした。イサオが高子の頬を殴ったのだ。

「乱暴はやめろ！」

山村刑事は怒鳴っておいて、

「これを食えば、おれを信じてくれるんだな」

「ああ、信じるよ」

「で、お前たちのことは信じられるのかい」

「おれも男だ。二枚舌は使わねえよ」

「よし……」

山村刑事はうなずくと、リンゴの食べかすを齧りだした。ザリザリと無気味な音をたてて、やがてのどの奥をとおっていった。

それを見ている高子の目から、すーっと涙が頰を流れた。

「さあ、食べた、女房を放してくれ」

「はっはっは、ご苦労。残念ながらあんたの言い分は一切無視だ。さあ、もういい、あっちへ行け！」

そのシロウの笑い声にあわせて、イサオもレイ子もバカ笑いをあげた。

「卑怯！　あんたたち、けだもの以下に卑怯だわ！」

たまりかねたのだろう、高子がわれを忘れて叫んだ。

そのとたん、またも高子の頰に、ピシッとするどい音が鳴った。


ようやく周囲には夜の色が立ちこめはじめて来た。小屋からは薄明りが洩れ、ラジオの音楽ががんがん聞こえてくる。

古材の山のそばに、山村と石塚両刑事は小屋に目をすえて頑張っていた。

「連中、動く気配がないですね。車を用意しろとか、金を持って来いとか、なんらかの要求があっていいはずですがね、一体奴ら何を考えているんでしょうね」

石塚刑事がタバコをすすめながら話しかけた。

「いずれにしろ、奴らが動いた時が勝負なんだ。それまで待つしかあるまい……」

タバコに火をつけながら山村刑事は答える。その間にも彼の目は小屋から離れなかった。

そのとき、小屋からシロウが顔を出し、

「おーい、デカ、ちょっと来い」

と声をかけてきた。

山村が腰をあげようとすると、石塚刑事が制して、

「ぼくが行ってみます」

と立って行った。

「やあ、新顔デカか。すまねえがな、おれたち腹がへっちまったんだ、うな重の上を四人前入れてくれや」

彼らの要求通り、石塚刑事はうなぎ屋に走り、うな重四人前を持って戻ってきた。

「おい、君らの要求どおり、うな重の上とタバコを持ってきたよ」

「サンキュー」

顔をだしたのはレイ子であった。レイ子は小バカにした冷笑をうかべると、

「またなんかあったら呼ぶからね。その時まであっちへ行ってて……」

顎をしゃくってみせた。

その態度や口調にムカッときた石塚刑事は、いきなりレイ子の胸倉をつかんでしまった。

「キャーッ！　助けて！」

レイ子が大げさな悲鳴をあげる。

「ヤロウ！」

シロウがさっと石塚刑事の胸元へナイフを突きつけた。石塚刑事はとっさにのけぞってそれをさけて、その場から離れなければならなかった。

「これだからデカは気が許せねえんだ！」

シロウは勝ちほこったように笑った。

シロウたちは、飢えた犬よろしく、たちまちうな重を平らげていた。

高子は箸もつけなかった。

「フン、この高貴なお方、ウナギなんぞお気に召さねえのか」

と、イサオは高子の分もパクつきはじめた。

疲労と恐怖につつまれながらも、高子の胸のなかでは、あたしは刑事の妻なんだ、こういう時にこそ頑張らなくてはと、そうした意識が頭のなかで明滅《めいめつ》しはじめていた。

夜は――更にふけて、山村刑事と石塚刑事はあいかわらず古材の山のかげに身をひそめ、小屋の出入口を監視しつづけていた。

　その小屋の中からは、あたかも二人をおちょくるかのように、人を食ったような鼻唄が洩れてくる。

　石塚は腕時計を見て、

「山さん、もう三時半ですよ、連中が動くとしたら暗くなってからだと思っていたが、こんな時間まで要求をだしてこないのは変ですね」

「奴らは明け方を狙っているんだろう。人のウジャウジャした都会のジャングルへ逃げ込む気なんだ。追われるモノの安全地帯は都会の雑踏だよ」

「なるほど、じゃア、夜明け寸前が勝負ですね。しかし、大丈夫かな」

「なにがだね、ゴリさん」

「奥さんですよ。夜明けはなんといっても底冷えがしますからね、体にさわらなければいいが……」

　山村刑事の答えはなかった。何が一番心にかかるといって、妻のことが案じられてならない山村刑事である。体の弱っている妻を、けだもののような無法者にあずけているのだ。おそらくじっとはしているが心の中はいても立ってもいられない心境であろう。

　また時間が流れた。

　夜が白々と明けかかってきた。

小屋の中からは相変らず呑気そうに鼻唄が洩れてくる。

たった一夜だが、その小屋を睨んでいる山村刑事の顔も、石塚刑事の表情も、めっきりと憔悴しきっていた。

「ゴリさん……」

山村刑事が首をかしげながら石塚刑事に話しかけた。

「ちょっと変だと思わないか」

「そういえば……夜が明けたというのに、動く気配がありませんね」

「いや、そうじゃないんだ。あの鼻唄だ」

「鼻唄？」

「さっきから同じ調子だ。どうも変だ！」

突然山村刑事はがばと立ち上がると、

「ゴリさん、行こう！」

と走りだした。

むろん石塚刑事も遅れじと小屋へ向かってまっしぐらに走る。

小屋へ一歩足を踏み入れて、二人の刑事はおどろきの声をあげた。

「あっ！」

小屋は、蛻《もぬけ》のカラだったのだ。

食い散らかしたような重の箱、タバコの吸いがら、ピーナッツとそのカスの散乱。むっとするかびくさい臭い。

そして台の上にテープレコーダーがおいてあり、テープが回転しながら人を食ったような鼻唄を流しつづけている。しかも右手の板壁には、〝ゴクロウサン〟と下手くそな字で書かれている。

石塚はその板壁に近より、

「あっ、山さん！」

と叫んで指さした。

なんと、その板壁の下のところが、人ひとりぬけ出られるくらいはずれるようになっていたのだ。

「クソ！」

山村刑事は、呻きながら、板壁をおもいきり蹴とばした。

そのころ——。

フーテンバッグを背負ったイサオ、ウェスタン・ハットのレイ子、それに高子と手首を綱引きで結んでひきずるように歩いているシロウは、鼻唄をうたいながら清々しい朝風の中を歩いていた。

「シロウ、お前の計画どおりうまくいったな」

イサオが鼻唄をやめて話しかけた。

「デカをまくなんてわけはねえさ。へへへ」

シロウは得意そうに小鼻をうごめかす。

「あとは人混みにまぎれてずらかるだけだ」

「あんたにはすまないが、もう一日二日つきあってもらうよ」

シロウは高子へ言った。

「あなたがたは逃げおおせたんだから、もうあたしには用はないはずでしょう」

高子の顔は相変らず弱々しい。

「そうはゆかないのさ。いますぐ自由にしたんじゃ、あんたの通報でおれたちすぐおナワちょうだいだからね」

三人は声をあわせて笑った。

高子は、そっとポケットから手を出して、それとなくピーナッツを路上へ落す。ピーナッツは落ちて、ころころところがった。しかし三人のチンピラは気づかない。

二人の刑事は、夢中になってカンをはたらかせながら、三人のチンピラと高子のあとを追う。

山村刑事の顔にはあきらかに焦りがあった。目は寝不足のためだけでなく、血走っていた。

「山さん、署に応援をたのみましょうか」

石塚刑事が相談するようにきいた。これ以上は二人っきりでは無理ではないかと判断したのである。

「待ってくれ、もう少しやってみる」

そう答えた山村刑事は、何気なく路上を見て、「おや?」と呟きをもらした。

ピーナッツを見たのである。しかもピーナッツは、三メートルくらい離れた先にも、更にその先にも落ちている。

「もしかすると……」

山村刑事は、小屋の中の高子のそばに山のように積んであったピーナッツを思い出したのである。

「ゴリさん、読めた! ピーナッツだ!」

山村刑事の顔がぴかっと光った。

「ピーナッツがどうかしたんですか?」

「高子が落して行ったんだ。これをつけて行けば奴らの行き先がわかる」

「なるほど。よし」

石塚刑事も目をかがやかせて、ピーナッツを追いだした。

一つ、二つ――。

二人の刑事はピーナッツを夢中で捜しながら、三人のチンピラの通った道を追う。

ついに一本道に来た。

ふっと目をあげると、はるか先を、シロウたち四人がのんびりと歩いて行く姿をみかけた。

「いた！」

石塚刑事が指さして歓声《かんせい》をあげた。

「よし、気づかれんように、下の道を行こう」

二人は、土手の下の道へ駆けおり、四人を追って走った。

そうとは夢にも知らない三人のチンピラは、なおも鼻唄をうたいながらぶらぶら歩いて行く。それでもイサオだけは追手を警戒してか、ときどきうしろを振り向く。

二人の刑事は土手下から、三人のチンピラの背後に迫った。そして身をかがめ、足音をころして土手をのぼると、山村刑事が、背後からいきなりシロウに襲いかかった。

「あっ、畜生！」

不意打ちを食らってシロウは自由を奪われてもがき呻く。

石塚刑事が高子の手首の綱引きをほどきにかかる。

その背後からイサオが襲いかかった。しかし石塚刑事はふりかえりざまワンパンチではじきとばす。

「畜生！　イサオ、殺っちまえ！」

シロウは叫んで、飛び出しナイフを取り出し、構えた。

無気味に光る二つのナイフに、二人の刑事は素手で勇敢に向かっていった。

キラッ、キラッと光るナイフの光が、高子の目を射《い》る。高子の目は恐怖におののいた。

しかし彼女は夫から目を離さなかった。じっと手をにぎりしめ、唇をかんで見詰める。

やがて、二人の刑事は、二人のチンピラと一人のフーテン少女とを、綱引きで縛りあげた。

「高子……」

綱引きを石塚刑事にまかせた山村刑事は、笑顔で高子のそばへ寄って行った。

「こわかったわ」

高子は夫の胸へ顔をうずめた。

「よく頑張ったな……」

二人はじっと見詰めあう。夫婦だけに通じる愛情が二人に交流する。

「ピーナッツでわかったよ」

「あたしだって、刑事の妻ですもの。そのくらいの智恵ははたらきますわ」

そして高子は心から明るく笑った。

「あなたって根ッからの刑事だわ。ですから、私の犠牲になって、刑事をやめるなんて言わないで下さいね」

「お前……」

「お医者さんがたとえなんと言おうと、あたしたち夫婦の心の中まではのぞけませんもの」

「高子」

山村刑事は妻の肩を強く引きつけた。そして心の底からこみあげてくる感動をおさえていた。

朝の風がさわやかに二人のまわりを吹きぬけた。

ボスを殺しにきた女

その日、七曲署の捜査第一係長藤堂俊介に、見知らぬ女の訪問客があった。
二十三、四歳か、喪服《もふく》にも見える黒いスーツの、なかなかの美人であったが、その横顔には疲れたような黒い影が浮き出ていた。
「どうぞ」

と、藤堂が机の前の椅子をすすめると、係長さんだけにお話ししたいことがある、と言った。

藤堂は女を隣りの別室へ案内した。

「おかけ下さい」

振り向いた視線が、一瞬、止まった。ハンドバッグにでも忍ばせていたのか、女の手に黒い拳銃が光っていたからだ。

どうにも避けようもない距離だ。

女は両手でしっかりと狙いをつけ、引金《ひきがね》をひいた。

が、カチッという撃鉄《げきてつ》の音が、かすかに聞こえただけで、弾丸《たま》は出なかった。

女の顔は蒼白にゆがんだ。もう一度、慌てて引金をひいたが、同じことだった。拳銃を藤堂めがけて投げつけた女が、部屋を飛び出して逃げるまで、ほんの何秒かの間の出来事だった。

「追うんだ。その女を摑《つか》まえろっ」

目の前を走りぬける女を、あっけにとられて見送っていた淳と石塚が、藤堂の声に、われにかえったようにあとを追った。

突き当りの階段を必死で駆けあがって行った女は、非常階段のドアから表へ逃げようとした。

「駄目だっ。そこは危ないっ」

淳は思わず、大声で叫んだ。

だが、遅かった。針金で縛りつけてあるドアに向かって、女はからだでぶつかって行った。

動物的な凄まじい悲鳴が、淳の耳を突き刺した。

非常階段は修理中だったのだ。女は地下一階のコンクリートの床まで、まっさかさまに落ちて叩きつけられた。

女は意識不明のまま病院へ運ばれた。

「ボス、弾丸は一発も入っていませんよ」

拳銃をハンカチでつかみあげた山村が、藤堂に言った。

「狂言ですかね」

「いや、真剣だった。引金をひいて弾丸が出なかった時、彼女はひどく驚いていた」

藤堂が断言した。

「でも、不思議だわ。人を殺しに来るのに、弾丸が入ってないのを知らないなんて……」

少年係の女性警察官、伸子は、騒ぎを知って駆けつけてきたばかりだ。

「想像だが、ここへ来る直前に、弾丸がぬきとられたのだろうな」

藤堂がそういった時、本庁の石田正信警部が、部下を従えて、勢いこんで入ってきた。

石田は藤堂と同期だが、藤堂の前にここの係長だった。尊大で横柄で、何かあるたびに出世風を吹かせに現われる、という評判で、誰からもあまり好かれない男だ。

「狙われたそうだな」

藤堂の前にどっかり腰をおろすと、嘲《あざけ》るように言った。

「なぜ、すぐに連絡しないのだ、ぼくのところに……」

「これから身許を調べるところです」

「警察に対する犯罪は、重大犯罪とみなし、ただちに本庁に連絡するよう、通達してあるはずだ」

平巡査でも叱りつける態度だ。

「病院へ案内したまえ。ぼくが直接に会って、背後関係を調べる」

「無理だな」

淳がわざと、吐き捨てるように言った。

「何っ……」

石田はむっとして、淳を振り返った。上司に対する態度ではない。

「意識不明です、残念ながら……」

「藤堂君っ」

淳を黙殺して、石田はまっすぐ向きなおって、

「女が意識を取り戻したら、知らせたまえ」

それから、じろっと淳を見て、

「七曲署に変な刑事がいると聞いたが、君だな」

それから、また藤堂に向かって、

「髪を切らせるんだな、この男の……」

そういうと、さっさと部屋を出て行ってしまった。

「いやな奴」

伸子が眉をよせて、小さな声でつぶやいた。

「ボスっ。なんとかいってやりゃあ、よかったんだ。あの口のききかたは気にいらねえや」

「マカロニ、よけいなことをいうな」

藤堂が最も冷静だった。

その時、電話のベルが鳴った。

「はい、捜査第一係」

受話器は藤堂がとった。

――女は助かるのか――。

男の低い声だ。

「女って……誰のことだね」

藤堂は素早く、野崎に合図した。

逆探知だ。

――とぼけるなよ。助かるかどうか、きいてるんだ――。

「現在のところ、なんとも言えない」

――なぜ、つかまえないいんだっ。警察の中で拳銃をふりまわされて……たかが女ひとりじゃないか。どうして、つかまえてくれなかったんだよ——。

まるで泣きそうな声音だった。

「君は誰なんだ。女とはどういう……」

が、そこで電話はきれた。

逆探知はできなかった。

拳銃には前科がなく、フィリピンからの密造ものだろうと推定された。

とすると、暴力組織の青竜会あたりが、出所《でどころ》だろう、ということになった。その方面では顔のきく山村が探ってみると、新宿歌舞伎町のキャバレー「銀河」の、圭子というホステスが百万で買った、という事実をつかんだ。

あの拳銃一丁に百万円は、いかにも高すぎるが、圭子は幾らでもかまわない、と言ったらしい。

早速、山村と石塚が圭子のアパートに行ってみた。

六畳に台所のせまい部屋だったが、意外な程に、きちんと整頓されている。

ただ、二人の目にまっさきに飛びこんできたのは、鏡台の鏡に書かれてあった、

明夫ちゃん。やっとあなたのところに行けます。

という口紅の文字だった。

そして、藤堂を殺そうとしたあの女、圭子が、若い男と仲よく肩を組んで、明るい笑顔で写っている写真が飾ってあった。

口紅の文字は、おそらく遺書だろう。とすると、明夫というこの男も死んでいることになる。それにしても、自分も死ぬ覚悟で藤堂を殺しにきた女、圭子は、相当なものだ。

「本当に心当りはないんですか、ボス」

いささかくさり気味の藤堂に、淳は遠慮もなくきいた。

「ない……」

「キャバレーに行って、あの女をだましたとかさ」

「マカロニっ、ふざけてる場合じゃないぞっ」

叱りつけられて、淳は小さくなった。

この日、また男から電話があった。低い声ですぐわかった。

――女は生きているのか――。

「あっ、生きている」

藤堂が答えた。

――助かるのか――。

「助かると思う。ところで、君は明夫君なのか」

――明夫は死んだよ――。

「死んだ……」

──お前のところの刑事《デカ》に、殺された──。

「いつだ……いつのことだ」

が、男はそれには返事をせず、

──女にいってくれ。あとはおれがやる……必ずやるってな──。

そこで電話を切ってしまった。

逆探知はまたできなかった。

受話器を置いた藤堂は、

「殿下っ、ファイルを調べてくれ」

と、島にいった。

「明夫っていう男、うちの刑事に殺されたのなら、記録が残っているはずだ」

島は明夫の写真を受けとると、横っ飛びに部屋を出ていった。

まもなく戻ってきた島の報告によると、刑事に殺されたというのは坂口明夫、一年前に三星銀行を襲った一味で、現行犯で逮捕されまいとして逃走中、踏切で電車にはねられて死んでいる、ということが判明した。

「電話の男は確か、うちの刑事に殺された、といっていたが、それはどういう意味なんだろう」

藤堂は考えるように呟いた。

「さあ。ただ……」

島はちょっと口ごもった。

「なんだ。殿下、いってみろ」

「その事件の捜査主任が、石田さんなんですよ。そのころ、ここの係長で……」

「そうか、石田さんか……」

唸るようにつぶやいて、藤堂は腕を組んだ。

丁度、石田はその時、圭子という女の病室の前で、看護師たちともめていた。どうしても圭子を尋問する、というのだ。

「生きるか死ぬかわからぬ女を、尋問してもしようがないでしょう」

警備にきていた淳が、たまりかねたように石田に言った。

「だからこそ、いまのうちに、訊くべきことを聞きたいんだ」

非難するような看護師たちの視線も、石田はいっこう気にかからないようだ。

「とにかく、中で待たせてもらおう」

石田の威圧には、医師も仕方なく病室のドアをあけてしまった。

リンゲル液の下ったベッドで、顔じゅうにホウタイをまいた圭子が横たわっていた。

山村と淳も石田と部下たちのうしろに立ったが、石田はどうにも淳の長髪が気にいらないらしい。

「おい、長髪……」

が、淳は聞こえないふりで、返事もしなかった。

「そこの、フーテンさん……」

石田はからかうようにいって、だが、すぐ真顔になった。

「髪を切れといったはずだ」

が、淳は相変らず無視して、ふりむきもしない。

石田がまた、何かいいかけた時、圭子がことばにならないうわ言をつぶやきはじめた。

石田は部下に命じて小型のテープレコーダーを出させ、マイクを圭子の口もとに近づけた。

淳は面白くなさそうに、病室をぐるぐる歩きまわり出した。

「おいっ。じっとしていられないのかっ」

睨みつける石田から顔をそむけ、淳はわざとらしく窓の外を眺めた。

ふと、その淳の目に、向こうのビルに何かが光ったのが映った。太陽に反射して、また、キラッと光る。

「あぶないっ」

淳の足が床を蹴って、石田に体当りをくらわせた。

鋭い銃声があたりにひびいた。病室の白い壁がはじけ飛んだ。

犯人の逃げこんだ工事現場に、野崎や石田たちが駆けつけてみると、淳がハンカチでつつんだライフルを持って、荒い息を吐きながら戻ってきた。額のあたりから、汗が吹き出している。

「逃がしたのか……」

ライフルを受け取りながら、野崎がたずねた。

「ええ、ここまで追いつめたんですけどね」

非常階段から逃げる犯人を、工事現場まで追いこんだのはよかったが、土管のかげからライフルの銃口に狙われて、身動きができなかった、が、実はライフルだけが置いてあって、犯人はとうに姿を消していた。さすがの淳も、まんまといっぱい食わされた、というわけである。

「馬鹿野郎っ」

とたんに石田が喚いた。

「貴様それでも刑事かっ。犯人の残したものは、手を入れずに置いとくんだ。のこのことさげてきやがって……」

淳は黙っていた。

「おれが七曲署の係長でいたら、貴様の頭をこの場で、坊主にしてやるところだっ」

「石田さん、そう怒らないで下さいよ」

野崎はものやわらかに、だが、はっきりと言った。

「こいつがいなきゃあ、あんたはいまごろ、頭をぶちぬかれて、死んでいるんだ」

この一言には、石田も文句のつけようがなかった。

ライフルは銀座の東和銃砲店から盗まれたもので、指紋はなかった。が、犯人は電話の男だろう、と藤堂は思った。

「しかし、なぜ女を狙ったんでしょうな。電話では、彼女のことを心配していたようでしたがね……」

野崎はくびをかしげた。

「ひょっとしたら、ライフルの的は、女じゃなかったのかもしれない」

「えっ」

びっくりしたように、野崎は藤堂を見つめた。

「長さんはマカロニと一緒に、圭子のいた、銀河というキャバレーをあたってくれ。おれは本庁へ行って、石田さんに会ってくる」

「あんな奴に会いに行くんですか。呼びつけてやりゃアいいんだ」

淳の声を背に、藤堂は捜査第一係室を出ていった。

石田は坂口明夫をおぼえていた。

銀行強盗事件以前に、別の強盗事件の容疑で取り調べたが、結局は確証がなくて、釈放したらしい。

「それじゃア、白だったわけですね」

表通りのその喫茶店から、夕陽に染まった空が見えていた。

「しかしな、おれはこいつも共謀してると、ずっと睨んでたんだ」

藤堂の問いにも昂然と胸をそらした。

「そうしたら、本当に銀行強盗をやりやがった。どっちみち、そうなる奴だったんだ。屑みたいな奴さ」

「石田さん……」

藤堂は静かにいった。

「ぼくの推測ですが……女が殺しにきたのはぼくじゃなくて、あなただった、ということも考えられる」

「なんだって……」

「あなたはぼくがくるまで、七曲署の捜査第一係長だった。女は捜査第一係長を殺しにきたんですよ」

「とすると、ライフルの的もおれだというわけか」

「そうです」

「おれが的だとすると、腕のいい奴だ。ちょうどおれの頭があったあたりの壁を、撃ちぬいていたからな」

「無論、まだ推測の段階ですが、充分に注意して下さい。うちの署のものを、お宅のほうへ廻しましょう」

「いや、結構だよ。君のところの刑事さんじゃあ、まるで安心できないからね……それから藤堂君」

石田は妙にあらたまって、

「あのフーテンの髪を切らせろ、といったはずだ」

「捜査には関係のないことでしょう」

「君も、いつまでも所轄の係長程度でいたくなけりゃ、おれのいうことを聞くことだ」

と、吐き捨てるように言って、夕暮れの街に出て行った。

そのうしろ姿を見送ってから、藤堂もゆっくりと立ち上った。

藤堂が七曲署に戻った時、キャバレー「銀河」から、淳も帰ってきた。

圭子は美人で優しかったから、客たちのうけもよく、かなり人気はあった。が、特別な男はいない。ただ、店の呼び込みをしている男が、ひそかに彼女に想いをよせていた、というのがホステスたちの話を総合した結果である。

「よし、わかった」

藤堂はうなずいて、帰り支度をしている石塚に声をかけた。

「すまんがゴリさん、そいつの身もとを洗ってくれないか」

その時、病院の山村から電話があり、圭子の意識がもどったと知らせてきた。

「山さんがすぐ病院にきてくれって……あいつもくるそうですよ」

電話を受けた淳が藤堂に伝えた。

「あいつ……」

「石田って、奴ですよ」

「石田さんって言え」

淳はまた叱られた。

藤堂と淳が病室に着いた時、石田たちはもう圭子の供述をテープにとっていた。

「誰を狙ったんだ?」

包帯だらけの顔をのぞき込んで、石田が訊いた。

「七曲署の係長さん……」

目だけが藤堂を見上げた。

「名前は……」

「知らない」

「名前も知らない男を、殺そうとしたのか」

「だって、明夫さんが言ってたもの。いつかきっと殺してやる……死ぬまぎわまで、いい続けていた……」

「なぜ、そんなに恨んでいたんだ」

こんどは藤堂が訊いた。

「何もしないのに捕えられて、取り調べの時にひどいことを言われたから、明夫さん、唾をひっかけたのよ、係長さんに……そうしたら、お前のような屑は、立ちなおれないようにしてやるって、さんざん殴られ……それからもつきまとわれ、真面目に働こうとしても、だめだったのよ」

「もうひとりの男は、誰なんだ……」

圭子の話をさえぎって、石田が次の質問に移った。

「もうひとり……」

「君の拳銃から弾丸《たま》をぬいた……君を殺人犯にさせまいとした男だよ」

藤堂が優しく訊いた。

「あの人は……関係ないの。何でもないのよ」

そこまでいった時、圭子が急に苦しそうに喘ぎはじめた。

「おいっ、誰なんだ……」

噛みつきそうな石田を、看護師がきびしく止めた。

「よし、それじゃ最後に、一つだけ言ってやる。坂口明夫が憎んでいた係長は、おれなんだ。お前は違う人間を殺そうとしたわけさ。つまらんことをして、その美しい顔をだいなしにしたんだ」

「石田さんっ」

藤堂の顔に怒りが走った。

包帯からのぞいた二つの目に、涙がいっぱいにふくらみ、そして、滲んでいった。

淳は唇をかんで顔をそむけた。

控室に戻ってから、藤堂は真正面から石田を見すえた。

「明夫って男に、本当に共犯の疑いがあったんですか」

石田はそっぽを向いた。

「それとも、唾を吐きかけられた恨みで、つきまとったのですか。石田さん、どっちなんです……」

「忘れたね。もう、昔のことさ」

石田が不機嫌そうに言い捨てた時、受付の看護師が女の容態を電話で聞いてきた男がいるが、どうしますか、と知らせてきた。藤堂は電話を控室へ切り換えてもらった。

——どうなんだ、女は——。

あの低い声が藤堂の耳に聞こえてきた。

「拳銃から弾丸をぬいたのは、君なんだね。なぜ、そんなことをした……」

——女の容態は——。

「助かるよ」

——本当か——。

「本当だ」

電話はそこでぷっつりと切れた。

「何時だ……」

「一時二十分です」

淳がこたえた。

藤堂が受話器を置くのを待っていたように、すぐベルが鳴った。野崎と島からだ。

男が電話したのは一時十九分ごろで、場所はアパート近くの公衆電話、喋ったのはひと言かふた言、電話をきったのが一時二十分、だという。野崎たちは、銀河の呼び込みの男をマークしていたのだ。

「よしっ。その男をあげよう」

石田が勝ちほこった声を上げた。

「待って下さい。証拠がありません」

藤堂は冷静だ。

「証拠かっ……証拠、証拠、証拠っ……犯人《ホシ》がわかっていても、いつもそれだ」

「石田さん。それが刑事の仕事ですよ」

藤堂の目は厳《きび》しく、強かった。彼がその言葉で何をいおうとしているのか、石田にもわかっているのだろう。むっとしたような顔で、黙ってしまった。

「わかったよ。それでは、その男をここへ出向かせよう」

石田がにやっと笑った。

「それが一番の証拠さ」


翌朝、男の身許がわかった。

貝塚まさる、出身地は島根県で、元ライフルの選手。圭子とは同じキャバレーに勤めているだけで、特別な関係はない。圭子に代わって人殺しをやろう、とまで決意したのは、愛情以外の何ものでもない、というのが藤堂たちの判断だった。

ところで、石田が貝塚を呼びよせる手段というのは、圭子の声の録音テープの編集だったのだ。

「あ……い……に……き……て……」

あいにきて……編集テープをまわすと、圭子の声ではっきりと聞こえる。貝塚に電話をかけて、このテープをきかせる、というのが石田の作戦だった。

「必ずくるさ。あの男、片想いの女のために殺しをやる程いかれてるんだ」

石田は得意だった。

ところが、病院の控室で、そんな作戦を練っている最中に、看護師があわただしく入ってきて、藤堂に何かささやいた。

「えっ、死んだ……」

藤堂は思わず叫んだ。

リンゲルをはずして、自ら命を断った、というのである。

一瞬、控室の中は無気味な程に、静まりかえってしまった。

だが、石田には計画を変更する気は、まるでなかった。そして、貝塚はまんまとその罠にかかってきた。

「卑怯だっ、こんなこと……女は死んでるんだぜ」

淳が石田に歯をむいたが、もうどうにもならなかった。

午後一時過ぎ、圭子の声を電話で聞いた貝塚が、病院に現われた。

「来ましたよ」

受付のドアのすきまから覗いていた島が、そっとささやいた。

藤堂は無言のままうなずいた。

「よしっ、女の病室の前でおさえろ」

ひそんでいる部下たちに、石田が顎をしゃくった。

「会わせてやれよ」

ぼそっといったのは淳だ。

「何っ……」

「女の顔ぐらい見せてやれっていうんだ。そのために来るんじゃねえか」

もう淳には上司もくそもない。

貝塚は受付係に教えられて、三階の三〇九号室、圭子の病室の前に立って、ドアをノックした。

貝塚は用心深くドアをあけた。

が、その刹那、貝塚の表情に驚きが走った。

がらんとしてしまった病室のベッドに、白布をかけられた女が横たわっていたのだ。

ベッドの隅に置いてある喪服のように黒いスーツが、その女が誰か、はっきり教えてくれていた。

貝塚はただ石のように動かなかった。

「もういいだろう……」

藤堂がそっと声をかけた。

しかし、振り返った貝塚は、それを予期していたようだった。

「貝塚まさるっ。強盗および殺人未遂容疑で逮捕するっ」

石田の声と同時に、手錠が冷たい音を立てた。

「おれはとめたんだ……」

ポツリと貝塚がつぶやいた。

「死んだ男のことなんか、忘れろっていったんだ。おれはあの女を、人殺しにだけはしたくなかった。まともに生きて、まともな人生を……幸せな人生を送って欲しかった……どうして……こうなる前に、つかまえられなかったんだ」

貝塚の低い声が、まるでむせび泣くように痛切に病室のフロアに沈んだ。

「わかったよ。お前のいいぶんはあとで、ゆっくり聞いてやるよ」

石田が鼻先で笑って、先に立って廊下を歩いて行った。

貝塚がその腕にテープで張りつけてあった抜き身の短刀を、ひそかに袖の中からすべらせたのに、誰も気がつかなかった。貝塚はゆっくりと、両手で白刃を握りしめた。

「あっ、何をするっ」

叫んだ警官を振りはらって、石田に襲いかかった。

石田は階段をころげ落ちながら逃げた。貝塚も飛びおりて、白刃を振りかざした。

「よせっ」

まるで悲鳴のように、淳が叫んだ。

が、貝塚は力いっぱい振りおろした。淳が引金をひいた。

貝塚の体が、石田に重なり、ゆっくりと倒れた。

「おいっ、しっかりするんだ」

淳は貝塚を抱き起こして叫んだ。

「大丈夫かよ、おいっ」

貝塚が力なく目をあけた。淳はわけもなく涙がこぼれてくるのを、どうすることもできなかった。

「なぜ……なぜ、こんなことを……」

藤堂が叫ぶように言った。

「女は関係ないっていってたのに……」

その言葉が聞こえたのだろうか、貝塚はかすかに笑って、そして、淳の腕の中に崩折れた。

医者や看護師たちが駆けつけた時、貝塚の生命はすでに終っていた。

藤堂の言葉で、貝塚の担架は圭子の病室へ運ばれた。

「おい、お前を少し見なおしたよ。やっぱり刑事だよ」

石田が親しげに淳の肩を叩いた。命を救われたのが、さすがに嬉しかったのだろうか。が、その一瞬、淳は振りむきざま、石田を殴りつけた。あまりにも不意だった。石田は鼻血を吹き出して、のけぞった。

「奴にやらしてやりたかったよ。もし、おれが刑事《デカ》じゃなかったら……」

放心したように吐き捨てると、淳はうつむきながら長い廊下を歩いて行った。

庭に立って、スモッグにけむった空を見上げた。藤堂があとを追うように歩みよって、タバコを出した。淳はくびをふった。

「おい、長髪……」

部下をつれた石田が、ハンカチで鼻をおさえながら近づいてきた。

「危ないところを助けてもらったことだし、貴様の反抗的な態度だけは、何もいわないことにしよう……が、その代わり髪は切れ」

黙ったままの淳の横顔から、石田はその視線を藤堂に向けた。

「切らせるんだ、藤堂。これは命令だ」

「石田さん、はっきり言います。捜査以外のことでは、あなたの指図は受けませんよ」

藤堂の激しい口調には、一言もいわせない気迫がこもっていた。

「どうぞお帰り下さい。終ったんだ、なにもかも……」

石田は怒りをあからさまにして、足音も荒々しく去って行った。

淳と藤堂はなんとなく顔を見合わせて、

「ボスも出世できないなあ」

「ああ。お前みたいな刑事《デカ》と一緒じゃな」

明るい陽が二人の笑顔に光っていた。

13日金曜日マカロニ死す

新宿西口中央公園からマンモスビルが並ぶ付近は、あたかもニューヨークの街を歩いているような雰囲気があり、夕日に染《そ》められると、いっそうその感が深い。一方、国電を挟み、東口は昔からのムード、若者の街〝新宿〟だが、メイン・ストリートをはずれれば、雑居のペンシルビルが乱立、そこに日本人的生活の匂いが強く漂っている。

真っ赤な太陽が沈んでゆき、あかね色に彩られた街に人の波、車の波が群れ動き、風にあおられ、捨てられた新聞紙が一枚、電柱にひっかかった。

商社の金庫から現金二億盗まる

兇悪！　警備員を射殺して逃走

大きな活字のキャッチ・フレーズ、被害をうけた商社ビルの写真が掲載されてあった。

夜の歌舞伎町界隈の裏通り、小さなバーがいくつかあって、流行歌を唄う声や女の嬌声《きょうせい》が表にまで聞えてくる。軒を同じくして、「若寿司」という紺のれんがかけられた、ありふれたすし屋があった。

店の前に、七曲署の刑事が二人、立ち止まった。ゴリさんこと石塚刑事と、早見淳のマカロニだった。石塚は紺のれんをちらっと見てから、そっと拳銃を抜いた。

「……さて、弾丸《たま》をこめるかな」

「あれえ、どうなってんの、ゴリさん。ハジキに弾丸をこめるのなんか、トウシロだって、いつも吹いてるくせに……」

「ああ、冗談だ」

石塚は照れ臭そうに拳銃をベルトへ戻して、

「しかし、気をつけろよ。あのタレコミがほんものなら、相手は拳銃を持っている」

「悪いけど、ゴリさん情報にはいつも騙《だま》されてるんでね」

「ちぇっ、こいつ……」

と、石塚はすし屋のガラス戸をあけた。

狭い店内に客はまばら、カウンターに地味な背広の客が二人、テレビのマンガを見て笑い、ビールを飲みながら、すしをつまんでいた。

「らっしゃい！」

すしを握っていた板前の店員が、石塚と淳に愛想笑いをこぼした。

石塚はカウンターの客に歩み寄り、警察手帳を示して、

「あんた方に聞きたいことがあるんでね。一寸、署まできてくれませんか」

「聞きたいこと？」

客二人は眉を寄せて、

「冗談じゃない、なんで、おれたちが警察へ……」

「タレコミがあったんだよ。半月前にあんたたちが拳銃を捜してたってね」

淳がズバリいったので、石塚は制止した。

「いいじゃないですか。そこまでいわなきゃ、協力しっこないんだから……ほら、立って、立って……」

淳は、いやいや立った二人のからだを改めた。

「ばからしい、拳銃だとよ、おい」

「ハハハ、からかわれてるんだよ、あんたたち……」

二人は大きく笑い、大声でいった。

その時、トイレからサングラスをかけた女が出てきて、ぎくっとこの場の様子をうかがってから、ゆっくり歩き出したが、男の一人に目配せした。

「ねえ、刑事さん、一体、誰ですか？　そんなばかなことをタレこんだ奴は……」

「一応、調べさせてもらう。さ……」

「わかりましたよ、行きゃいいんでしょ、行きゃ……板さん、いくら？」

石塚に背を向けて、財布を出すふりの男へ、サングラスの女は通り過ぎる瞬間、ハンドバッグから拳銃を出して渡した。板前店員の目に入って、店員は立ちすくんだ。

「動くなっ」

拳銃の男は石塚へ銃口を向けた。

店員と他の客は身を硬くして、見守った。

「くそっ」

淳が夢中で飛びかかろうとしたが、もう一人の男が体当りして、格闘になった。それに、拳銃の男の目が奪われた間隙《かんげき》、石塚の足がスツールを蹴り、其奴を突き倒しざま、飛び退った石塚は拳銃を抜いていた。誰もが息をのんだ。もう一人の男と女が店から逃げ出した。

「拳銃を捨てろ！」

石塚が威嚇したが、相手の拳銃が火を吐いていた。一発、二発！　第一弾はそれたが、二発目は石塚の腹部に命中した。つづけざまに撃ち、男は店から飛び出して行く。

「待てっ！」

淳はあとを追おうとして、腹を押さえて倒れている石塚を気づかい、

「救急車、頼む！」

と店員に言って、表へ走り出た。

た。

「どっちへ行った？　今、ここから飛び出してきた奴だ！　どっちだ！」

何人も通行人に聞いたが、誰も応えなかったし、姿を見失い、淳はすし屋へ駆け戻った。

「救急車、すぐきます」

店員はおろおろしている。

倒れている石塚は吐く息弱く、喘いでいるが、握った拳銃を離していない。引金に指がかかったままだ。

「ゴリさん……し、しっかりして下さい」

「拳銃を捨てろ、拳銃を捨てろ……捨てないと……撃つ」

腹から血が噴き出し、目はうつろな石塚を抱き起こした淳のからだも震えていた。

「ゴリさん……」

それから一時間後——。

警察病院の手術室、手術中の赤ランプが点灯し、廊下のベンチにボスの藤堂と一緒に腰かけている淳は、前かがみに両の手を握り締め、フロアに眼を落とし放しだ。その横に、心配顔で女性警察官の伸子が立っている。手術の結果を待っているのだ。

赤ランプが消え、手術室のドアがあき、ガラス容器を持った執刀医が出てきた。

「先生……いかがでしょうか？」

「弾丸は摘出しましたが……」

執刀医は弾丸が入っている容器を見せて、

「意識は回復しません。なにぶんにも出血がひどかったのでね」

「それでは……」

「いや、絶望というわけじゃない。輸血、腹内手術、医者としては、できるだけのことはやった。あとは……患者の生命力いかんです」

「……近親者を呼んだ方がいいということですか」

藤堂がたずねると、執刀医はうなずき、静かに去った。

淳は堪らず、走り出ようとして、藤堂に腕をつかまれた。

「どこへ行く?」

「決まってるでしょう。ホシを捜すんです」

「そのホシはどこにいる?　おまえにぶち殺してもらうために、おとなしく待っているのか」

藤堂が淳をいさめたとき、山村が駆けつけた。

「ボス、ゴリさんは……」

「重傷だ……山さん、なにかわかったか?」

「犯人の撃った弾丸の条痕検査の結果が出ました。二日前、二人組の金庫強盗が警備員を射殺した、あの弾丸と、ピッタリ一致したんです」

山村の説明を聞き、淳の苦渋する顔がいっそう引きつった。

淳の肩に手をかけて、藤堂がいった。

「いいか、マカロニ、おれたちのなかで犯人の顔を見たのは、おまえだけだ。前後の事情を知っているのも、おまえだけだ。いわばこんどの事件のカギは、おまえが握っているのだ。それを忘れるなよ、いいな」

「は……はい」

「山さん、こいつと組んでくれ。放っとくと、どこへ飛んでくかわからんからな」

と、ボスに命じられた山村は淳とともに、その夜は、夜を徹して、警視庁で前科者の写真カードを繰って調べた。

「ゴリさんは……弾丸をこめるかな……そういったんだな。なぜだ？　空砲で鳴らしたゴリさんが……予感があったか」

「それを、おれは笑ったんですよ。どうかしてるって……あの時、おれがあんなバカなことをいわなきゃ」

「手を休めるな、カードを見ながら話せ。話をもとに戻そう。タレコミの電話があった時、ゴリさんは受けて、切ってから……」

「おれに、半月前に拳銃を捜してた奴がいるって……」

「待て、ゴリさんが電話を受けてる最中……ゴリさんはなんといってた？」

「そりゃ、捜査第一係って、それから、ほんとか？　拳銃？……それから、相手の名前を……トメ、トキ……そうだ！　トクさん、トクさんって、ゴリさんがいってました」

「トクさん、確かだな」

「間違いありません。山さん、知ってますか」

「いや、ゴリさん専用のタレコミ屋だろう。マカロニ、おまえはカードをみてろ」

山さんは言い捨て、部屋を出て行った。


翌朝の七曲署捜査第一係の部屋にある移動黒板には「若寿司」の店内が描かれ、石塚が撃たれた位置、店員、客の位置が記入され、二名だけ客の名が書きこまれてある。

藤堂の前に、デカ長こと野崎、殿下こと島、それに伸子、山村、徹夜で疲れ切った淳が顔を揃えた。

「四人居合わせた客のうち、二人は証言がとれましたが、残りの二人は事件発生直後、逃げてしまい、住所も氏名もわかりません」

野崎の報告につづいて、藤堂は次の行動への判断を下した。

「マカロニが克明に前科者カードに当たったが、どうやら三人には前科《まえ》がないようだ。となると、ますます目撃者全員の証言が欲しい。長さんと伸子は、残りの客の割り出し。

殿下はマカロニの記憶をもとに、現場付近の聞き込みだ。山さんは、トクさん捜しをつづけてくれ」

「わかりました」

山村が上着をとり、出掛けようとすると、当然のように淳があとにつづこうとした。

「マカロニ、寝た方がいいよ。おまえさんはな」

「そんな、おれは……山さん、迷惑なんですか、おれと一緒だと……」

「そう、迷惑だな」

「山さん！」

「そおら、それだ。徹夜明けで頭にきてる奴に、捜査活動などできやせん」

「はい、すみません。……山さんのいう通りにしますから、連れてって下さい。お願いします……」

深々と頭をさげた淳に、山村は溜息をついて、

「よし、今、いったことを忘れるなよ」

「はい！」

淳は張り切り、先になって、ドアの方へ行く。山村は微苦笑していた。それぞれ、捜査活動の任務についたが、まず野崎から、藤堂のデスクへ電話連絡が入った。

逃げたサングラスの女の身元が判明した。新宿歌舞伎町のキャバレー「銀河」のホス

テスで、マチ子といった。藤堂は伸子をまだ意識不明をつづける石塚の様子を見に病院へ行かせ、野崎に島と連絡をとるように言った。

キャバレー「銀河」のマダムからマチ子のアパートを聞き出し、夜、野崎と島がその大久保のアパートへ行ってみたところ、すでに彼女は死んでいた。地元署の刑事と鑑識課が現場を調べていた。

死因は青酸カリ、死亡推定時刻は今朝、夕方になって、管理人が発見したという。恐らく女が街で顔を知られているところから、足のつくのを恐れ、すぐ消したにちがいなかった。

新宿三丁目駅の地下鉄ホームの赤電話からボスへ連絡電話を入れた淳は、それを知って口惜しがった。

「たったひとつの糸もこれで切れた。マカロニ、あとはトクさんしかないぞ」

「わかりました、また、連絡します」

淳が電話を切って、ホームのベンチをみると、山村がやくざ風の男に、タバコの箱を差し出し、そのなかに数枚の千円札が入っているのをわざと見せていた。

やくざ風の男は耳に赤エンピツをはさみ、競馬新聞の予想を見ていたが、タバコの箱をとって、一本くわえ、箱はさっさとズボンのポケットに突っこんだ。山村がライターでタバコに火をつけてやると、ふうっと煙を吐いて、

「どうも……つかなくてねえ、ここんとこ」

と、赤エンピツで新聞の余白に〝徳岡　三丁目　シャドウのサンドイッチマン〟と走り書きした。

「ありがとうよ」

山村が男の肩を軽く叩いた。電車がホームへ入ってくると、男は素早く乗りこんでしまった。

シャドウはキャバレーだった。ピエロのサンドイッチマンが、ヌードのプラカードを持って、プラカードと入口を交互に指さし、ニコッと笑う。初老の年配と思われるサンドイッチマンだった。

「トクさんだな」

山村に声をかけられて、サンドイッチマンは回れ右して去ろうとした。

「おれたちは石塚刑事の仲間だ。ちょっとつき合ってくれ」

「……」

「頼む！　ゴリさんは重傷だ。意識が戻らんのだ……トクさん」

「人ちがいです。私は刑事なんか知らない」

彼はまた後ろを向いてしまった。

淳はものも言わずに、彼の腕を引っつかむや、キャバレー脇の通路へ押しつれて行き、

「いうんだ！　どうして奴らに眼をつけた？　奴らは何者だっ」

と、激しく訊問した。

「やめろ、マカロニ……」

山村の制止の声を無視して、

「吐くんだ、奴らはおまえの知り合いだろう……えっ、え！」

と、淳が性急に問い詰めた。

野次馬がたかりはじめた。

「やめんかっ」

「なにすんだ、山さん？」

「ひっこんでろ」

山村が淳を決めつけておいて、

「悪かったな、勘弁してくれ。もしか、なにか思い出したら、めし屋の宗吉へ電話くれ。な、頼むよ」

と、声をやわらげていうと、サンドイッチマンは表通りの雑踏へ脱兎の勢いで逃げこんだ。

「くそっ、どこへいく！」

淳があとを追い、山村は舌打ちして、仕方なくそのあとを追っていく。

それを物蔭から見ていた男がいた。それは、若寿司で石塚を撃った男の連れだった。

「フン、やっぱり、タレこんだのは、あのおやじか」

と、反対方向へ足早に消えた。

宗吉が酒の燗の具合をみながら、

「なんたって、ゴリ押しのゴリさんだ。死神なんぞに降参するはずはねえやね」

と、カウンター内で手伝う伸子にいった。

「でも、心配だわ。お医者さんも今夜がヤマだって……一晩中、傍についててあげたかったんだけれど……」

「ボスが、帰って休めか……」

と、客はたった一人、山村だ。

「さて、おれも家へ帰って、ひと休みしてくるか」

山村は徳岡からの電話の期待がはずれて、「宗吉」から引き揚げて行った。

看板近くなって、徳岡を見つけられず、疲労困憊《こんぱい》した淳が宗吉へ入ってきた。

「おれは仇をとりたい、どんなことをしても、ゴリさんの仇を……畜生っ、ああ、急に眠くなってきやがった」

「無理もないわ、二日も徹夜だもの。床をとってあげる」

「要らねえよ、余計なことすんな」

「なによ、人に心配ばかりかけさせて！」

仲子がふくれた。

「好きにさせといてやんな。こういう時は……それが一番いいんだ。さ、今日はもう店はおしまい。仲子、表を閉めてくんな」

宗吉は片づけにかかっている。

淳が生アクビを吐き、カウンターに肘をついたかと思うと、たちまち居眠りしはじめた。

宗吉と仲子の父娘はうなずき合い、仲子が店つづきの部屋へ急ぎ寝床を用意するのだった。


やっと辺りが明るみかけたころ、店の電話がけたたましく鳴った。

ねぼけまなこで淳が電話の応待に出た。宗吉と仲子も起きてきた。

「マカロニ刑事さんに連絡したいんですが、電話番号を！」

「マカロニ、おれだけど……」

「ああ、……私、徳岡です」

「トクさん？　あんた、しゃべる気になったの……」

「石塚さんの代わりに、あんたにだけ、犯人を教えるからすぐきて下さい。駅前の喫茶店、モンタナ。くどいようですが、あんた一人できて下さい。それでないと、私はなにも言いません」

「わかった！　約束する」

淳は飛びあがって、

「トクさんから、おれにご指名だ。犯人を教えるとさ。ちょっと、行ってくる」

「待って、勝手に動くと、また、ボスからどやされるわよ。ね、場所だけ教えて行って！」

「どけ、こいつはおれの仕事なんだ」

「マカロニ君！」

淳は押し止める伸子の手にふっと触れて、

「シンコ……ばかにきれいだな、今日は……」

「えっ？」

「そうか、化粧してないせいだ。きれいだよ、ほんと！」

「ばか、なによ、いきなり……」

伸子がネグリジェの襟もとをかき合わせた時には、もう淳はガラス戸をあけ、朝日がさす外へ飛び出していた。

「きれいだはよかったぜ。ワッハハハ……シンコ、奴さん、実はおまえさんに気があるんじゃねえかい」

「おとうさん、そんなことといってる場合！」

「う……そうか」

宗吉は慌てて、電話器にとりつき、七曲署の捜査第一係室へ連絡した。

藤堂と山村が泊り込んでいた。藤堂は椅子からハネ起きて、受話器をとった。

「よし、わかった」

藤堂は電話をすませて、

「徳岡からマカロニを指名してきたそうだ、犯人を教えると……山さん、どう思う？」

「ひっかかりますね、それは。憎んでるはずのマカロニを……トクさんの気持はわかりませんが。……私が、もし犯人だったら、やはりマカロニ一人を呼び出したいところです。犯人の顔を見た刑事は、ゴリさんを除いて、マカロニだけですから……」

山村の説明に、藤堂も意見は同じだ。

仲子が、野崎が、島が出勤してきて、マカロニの単独行動を心配しているところへ、再び電話が鳴りひびいた。警察病院の担当医からで、石塚が命をとりとめ、意識も回復しはじめたという吉報であった。

「長さん、ゴリさんから徳岡のことを聞いてくれ。そっちからもなにかつかめるかもしれんから……。それから、山さんはここでマカロニからの緊急連絡に備えてくれ。みんな、やたらとマカロニのことを心配してるようだが、あいつも刑事だ、することはする。おれはそう信じている」

と、部下を信ずるボスの言葉に一同うなずき、いつでも出動できるように待機態勢に移った。

朝が早いから、駅前広場に人通りは少ない。淳は大股で広場を横切り、△△ビルの一階にあるモーニングサービスの喫茶店「モンタナ」へ入って行った。

それを俯瞰《ふかん》できる角のビルの三階、深夜営業スナックの窓際から、蒼い顔で徳岡が見おろしていた。その傍にサングラスの男がいて、岩田といって、石塚刑事を撃った犯人だった。淳がモンタナへ入るのを確かめて、岩田がニヤリと笑ってから、

「どうやら、約束通り、一人できたようだ。おい、言った通りやれよ、命が惜しかったらな。おれは、都倉と待ってる」

と、徳岡をおどした。

徳岡は悄然と首を垂れて、席を立った。

モンタナを出て、朝の街を歩きまわり、徳岡は彼らのところへ案内するといって、橋上のバス停に立った。

「バスかね……まずいなあ、おれ、腹こわしてんだ。ちょっと、悪いけど」

淳は腹をおさえ、バス停の向いにある公衆便所へ走りこんだ。

トイレに入った淳はポケットから小型無線機を出し、口を押し当てるようにして、

「ボス、こちら、早見です。どうぞ!」

「そらきたぞ。……藤堂だ。どうぞ……」

「トクさんと会いましたが、どうも様子がおかしいんです。罠かもしれません。すごく用心しているんで、もう話はできません。無線をずっと、オンにしといて下さい。以上」

淳はポケットに無線機を忍ばせて、公衆便所を出た。

藤堂ボスをはじめ、七曲署のメンバーは伸子を残して、覆面パトカーで出動開始だ。

「マカロニ君……それ以上、無茶しないで」

伸子は無線機から流れる騒音と人声に聞き耳を立て、祈るような気持である。

バスに乗った淳はわざと声を出して、「こんどは……か、もっと先かい?」と、バス停ごとに、停留所名をいった。

無線から流れる淳の言葉をチェック、覆面車はスピードをあげ、あとを追っている。

一方、野崎は病院の石塚から、徳岡から電話があった時の様子を聞いた。それによると、徳岡は飲み屋で顔見知りのやくざと飲んでいた時に、どこの誰ともわからない二人

の男に、拳銃を売ってくれと頼まれたということだった。犯人の素性を知らない徳岡が、淳に犯人を教えるというのは明らかに罠だと、石塚は愕然として、野崎にすぐ淳を引き止めるように頼んだ。しかし、すでに淳はみずから進んで罠のなかへ、はまり込んでいた。

都心をとっくに離れて、工場地帯を抜け、広大な敷地、るいるいとポンコツ車の山、廃車置場だった。

「なんだって、こんなところに連れてきたんだい？　廃車置場じゃないか……暑い、暑い」

淳はシャツの胸をひろげて、

「このポンコツの山のなかにいるのか、あいつらが……どうなんだよ、トクさん？」

と、たずねた。

徳岡は無言で歩いているが、その額には脂汗がにじんできた。

「なあ、トクさん。あんた、おれをハメる気なんだろう」

「……」

「やっぱりそうか……その顔つきじゃ、目的地は近いな。おい、待てよ。そう、あせるなよ。連中はどこに隠れてる？　言うんだ！」

淳が徳岡の腕をつかんだが、徳岡は突き離して、走り出したかと思うと、車の山の蔭へ飛びこんだ。

徳岡がなお走ろうとして、突然、足を掬《すく》われた。転がった徳岡の後頭部に、ガッと銃把が打ちおろされた。岩田である。

岩田は拳銃を握り返し、車の山の隙間から淳の動きを計っている。

淳は拳銃を抜いた。

「撃てよ！　撃ってこいよ、この野郎！」

「……」

「なにをしてんだっ。おれを殺す気だろう……早く撃ったらどうだ……くそっ。撃ってこないなら、こっちからいくぞ！」

淳は左右に気を配って、獣のように叫び、突進した。

右手にあったトラックから、拳銃が火を吐きはじめた。

淳も撃った。その背後に、都倉が近づいてくる。はっとして、ふり向きざま、淳は撃った。都倉は慌てて、一隅のスクラップの蔭に隠れた。

前方から岩田、うしろ横から都倉が撃ちつづけた。淳は不利な角度へ追いこまれた。

「ハハハ……もう諦めな。マカロニ刑事さんよ。おまえさんの弾丸はあと一発……こっちは二人、弾丸はいくらでもあるんだぜ」

「くそっ！」

淳は必死に後退したが、絶体絶命、スクラップの袋小路へ追いつめられてしまった。それを見て、都倉が銃口をふっと吹き、淳の胸へ狙いをつけた。と、轟然とスクラップの山がゆれ動き、突如、山村刑事の車が飛びこんできて、都倉は夢中で逃げた。

「野郎っ」

岩田が運転する山村目がけて、乱射した。

「マカロニ！」

山村が運転席から飛び出してくる。岩田の銃口が山村へ向けられた瞬間、淳の拳銃が最後の一発を放ち、岩田の肩を撃ち貫いた。

「あっ……」

岩田が崩れると、淳は飛びかかっていた。

都倉がスクラップの山から逃げ出したが、眼前に、藤堂と島が立っていた。島が都倉をとり押さえ、手錠をかけた。

「この野郎！　この野郎！」

淳は滅多滅多に、岩田を殴りつけた。

「マカロニ、もういいだろう」

藤堂に声をかけられて、

「ボス……」

と、淳はその場にへたりこんだ。

夕方、捜査第一係室、刑事のメンバーはビールで乾杯した。

「奴らの自供で、二億円はそっくり返ったし、徳岡は殺されずにすんだし……」

島はみんなの顔を見回した。

「いうことなし！」

野崎がビールのコップを高くあげた。

「しかし、灯台もと暗しとはこのことですね。まさか、盗まれた商社ビルの清掃員が犯人だったとはね」

山村が首を横にふった。

「五年ごしの計画だったんですってね。おどろいたわ、ほんとに……」

伸子も首を横にふってみせた。

「ま、とにかく解決だ。全員、当分休んでいい……と、いいたいところだが、これは気持だけだ……」

藤堂ボスが渋いことをいって、一同は笑った。

島が淳につくづくと視線を注ぎ、

「すべてこれ、マカロニの蛮勇《ばんゆう》の賜物《たまもの》……と、ほめちゃいけませんでしたね、ボス」

「ま、いいさ、今日のところはな。なあ、マカロニ」

ボスにいわれて、淳が照れた。

「おいおい、照れる柄か……」

藤堂がいって、捜査第一係室にまた笑声がはじけた。


ベッドで石塚が静かに眠っていた。

ドアの音がしないようにあけて、淳は病室へ入り、ベッド横の椅子に腰をおろし、石塚の寝顔を見詰めた。

「よかったね、ゴリさん……ほんとに、よかった。おれも、こんどばかりは、やられたかと思ったけど、助かったしね」

と、淳はいって、その頬に涙を伝わせた。

石塚は眠りつづけている。

「びっくりしたぜ、おれ……命を無駄にする奴はデカじゃないみたいな、冷たいことをいった山さんが、ほんとに命がけで、おれを助けてくれたんだ。……おれ、刑事になってよかった」

淳の独り言はそこまでで、椅子にもたれて、いつか寝息を立てはじめた。

「よかったな、マカロニ」

ベッドの石塚が、ぽつんといった。

どのくらい経ったろうか、ふっと目をさまして、

「いけねえ、寝込んじまった……じゃ、またな、ゴリさん」

淳は足音を忍ばせて、病室を出た。


真夜中、警察病院からの帰途、淳は中央公園に近い大きなビルの工事現場を通りがかった。囲いの金網がはずれた個所があった。

淳は辺りを見て、

「やるか、ここで……」

と、囲いのなかへ入って、用を足し、ズボンのチャックを閉めた時、背後に人の気配がしたかと思うと、闇にキラッとジャックナイフの刃が光り、淳の脇腹に突き刺さった。

「うっ……」

淳は相手の手をつかもうとしたが、一突き、二突きと抉《えぐ》られて、水溜りのなかへどっとのめり倒れた。

黒い影は淳の内ポケットを探り、警察手帳を放り投げ、財布だけ取って、走り去った。

「ま、待て、待て……この野郎……し、死なねえぞ、死んでたまるか……」

淳は片手で腹を押さえ、必死で姿なき影へ片手を伸ばし、地を這った。明るい光のさ

す方角へ、ズルズルっと……。

「死なねえ、おれは死なねえぞ。……イテテ、痛えよう……い、いやだ、俺は死にたくねえ……ち、ちくしょお！」

淳は最後の力をふりしぼって、はずれた囲いから舗道へ転がった。

舗道に転がり出たままの姿で、虚空を睨んだ淳の死体、全身は泥と血にまみれていた。

検屍医と鑑識係員が調べている。

藤堂係長と野崎刑事が茫然と立ちつくしている。

「ボス……こんなばかなことが……」

野崎は悲しくも、憤然といった。

山村刑事、島刑事、そして、伸子も駆けつけてきた。

「ボス……」と、山村は憮然たる表情だ。

「強盗だ。財布を奪われている……」

「マカロニ……」

島は顔をそむけ、唇を噛んだ。

藤堂は伸子の肩に手をおいて、

「シンコ……」

「ボス、ほんとに、マカロニ君が強盗に……」

「ほんとうだ」

藤堂は一旦、目を閉じてから、かっと見開き、

「だがな、シンコ……おまえも刑事だ。泣かずに、死体が見られるか」

「は、はい」

伸子はよろめきながらも、あふれてくる涙をこらえて、一歩、踏み出て、警察手帳を取り出した。

朝の太陽が強くまばゆく、新宿の街に光を投げかけはじめている。

ジーパン刑事登場

掃除を終えたあとの、さっぱりとした居間に腰を落ち着け、新聞の三面へ眼をさらしていた牧野輝子は、眉の間にたて皺《じわ》を作って顔をあげた。

隣家のテレビが突然、鼓膜が破れるかと思うほど大きな音をたてはじめたのだ。しかも彼女の大嫌いなロック調の音楽である。

輝子は耳をふさいで、新聞へ眼を据えたが、はげしいリズムは、指のあいだから容赦なく侵入して鼓膜《こまく》へ突き刺さった。

「かなわないわ！」

新聞を放り出して、輝子は眼をつりあげた。ふだんから隣家とは仲のよくない彼女である。輝子は、隣の大場清枝が大きなダイヤをみせびらかしたり、娘のように、つけまつ毛や真っ赤なマニキュアをしたりするのが、たまらなく不愉快だった。主人の留守に、若い男の声が聞こえたりするのも一度や二度ではなかった。

（また男友だちでも引っぱりこんでいるのかもしれない、近所迷惑にもほどがある）

輝子はこの際、言いたいことはハッキリ言ってやった方がいい、と思った。そうすれば、少しは派手な行動を控えるかもしれない。

輝子は庭下駄を突っかけて表へまわった。門を出て大場家のフェンスの途中まできたとき、幼稚園のカバンをさげた清枝の息子の進が、しくしく泣きながら門から出てきた。

けわしかった輝子の表情が、少しおだやかになって、

「進ちゃん、どうしたの」

「ママが……」

「ママがどうしたの。進ちゃんの好きなテレビをとっちゃったの？」

涙をふいてやりながらいった。進は首をふるだけで要領を得ない。

「いいわ、おばさんがママにお灸をすえてあげるから、さ、帰りましょうね」

レールのついた鉄の門を入ると、玄関のドアがあけっ放しになっていて、テレビが相変らず騒いでいた。

「しようのない人ね。子供まで放り出して……」

いくら声をかけてもテレビの音に邪魔されて、奥へとどかない。輝子は思いきってフロアにあがった。玄関脇のリビングルームをぬけ、八畳の居間を通ってダイニングルームへ出た。ダイニングルームの左脇に十二畳ほどの応接間がある。テレビはそこでやか

まじく鳴っていた。

「奥さん、大場さん！」

顔いろを変えて応接間へ一歩踏みこんだ輝子は、あっ、と叫んで、その場に釘づけになった。足もとに白眼をむいたまま清枝が仰向けに倒れていたのだ。

「し、進ちゃん、大変よ、ママ、死んでるわ」

うわごとのように口走り、彼女は進を抱きしめたまま、その場に座りこんでしまった。

七曲署から藤堂をはじめ石塚、野崎等の刑事が現場へ駆けつけたのは、それからおよそ三十分ほど経ってからのことだった。

彼等は牧野輝子をはじめ、近所の人々から殺された大場清枝について、さまざまな情報を集めた。それによると、清枝はボーイフレンドがいたばかりでなく、サラ金の真似ごとをして、がめつく金を貯めていたらしい、ということがわかった。

「いまざっと近所を当たってみたんですがね、被害者に同情する人間はほとんどいませんね。なかにはザマァみろ、なんて顔をした人間もいます」

外から戻ってきた野崎が藤堂にささやいた。

「ものは盗られていないらしい、とすると、怨恨の線か。ホシはテレビのボリュームをあげて、拳銃を発射した……」

藤堂と野崎が話をしているところへ山村がやってきた。

「弾丸はどうやらSW45ですな」

「SW……」と、藤堂が眼をむいた。

「警官用の拳銃じゃないか」

「ということは？」

「ホシは、あるいはおれたちの仲間？」

三人は顔を見合わせ、重苦しい雰囲気が一瞬ただよった。

「厄介だな、こいつは」

ポツンと藤堂がいった。

「事件は山積、手は足りんし……マカロニの後釜はいつくるんですか」

と、山村がいった。藤堂がぎょろっと眼をうごかして、山村を眺めた。

「明日だが……こいつはどうも使いものにはなるまい、なにしろ新米だからね。きみたちだけでやってもらうことになるかも……。弾丸はまだ四発も残っているんだ、ホシの奴、そいつをどうするか……」

ホシが残る四発の弾丸を撃つ前に、なんとしても挙げなければならない。現場の調べが一通りすむと、刑事たちは弓から放たれた矢のように、町のなかへ飛んでいった。

「係長、おはようございます。あの、今日から新しい刑事さんがくるのですってね」

出勤してきた藤堂へ、元気に声をかけたのは永井久美である。

「おや、ずいぶん机を磨きだしたな」

冷やかし気味に藤堂がいった。

久美自身も、捜査第一係室ではまだ新顔なのだ。久美が磨きたてた机は、つい先日までマカロニが座っていたもので、この机の新しい持主が、今日やってくるという。

「いよう、久美ちゃん、どこかのモデルかと、思ったぜ」

久美がふり向くと、ゴリさんこと石塚がにやにやしながら立っていた。

「どうして？」

「スカートが短いもんな。きみの足は意外にスンナリしてるんだな。大丈夫、警察やめてもモデルになれる。しかし、どうして今日はとくに短いやつを……」

「新しい刑事さんがくるからだそうだ」

と、藤堂がまた冷やかした。

「へえ、そうか、久美ちゃんはまだ独身だったな。なるほど、ムリもない」

二人して冷やかしているところへ、一人の警官がやってきた。

「係長、ちょっとおたずねしたいのですが、こちらに柴田純《しばたじゅん》という刑事が来ることになっていますか」

「ああ、そうだが。それがどうしたんだ？」

「留置場に入ってるんですけどね。その柴田という男らしいのが……」

「なにィ、留置場！」

思わず藤堂と石塚が声を揃えた。警官は一枚の紙を取り出すと、大声で読んだ。

「柴田純……七曲署捜査第一係勤務を命ず……、ホンモノですか、この辞令は」

「うーむ」

ものに動じない藤堂も、さすがにしばらく口がきけなかった。辞令はホンモノにちがいなかった。

やがてひとりの若者が警官に連れられて、一係の部屋へ入ってきた。髪の毛を長くのばし、ジーンズを着たばかに背の高い男だ。ジロリと部屋のなかを見まわしてから、ゆっくりと藤堂のそばにやってきた。石塚も山村もみんなあっけにとられて彼を見守った。ジーンズにサンダル履きの刑事が、留置場から出てきて、転勤の挨拶をするなど、前代未聞の出来事である。

「柴田純です。よろしくおねがいします」

上司《じょうし》に対して一応、挨拶にはなっているが、いかにも面倒くさい、といった表情だ。

「なんで留置場へぶちこまれた？」

「無銭飲食です」

ジーンズの若者は、照れもせずにいった。

「刑事になったら、当分馬鹿なことはできないと思ったので、昨日、ダチ公と徹底的にのんだんです」

純が頭を掻き、フケが飛び散った。そばにいた殿下こと島が慌てて、鼻と口を押さえた。

「最後はもうわからなくなって、バーのママが帰れといっても、ねばったもんで、サツへタレこまれた、というわけです」

「ひでえもんだ、こいつは」

と、石塚が純を見上げた。マカロニ以上の厄介者が現われた、という感じだ。

「そんな格好じゃ仕事ができん、着換えてこい」

「いえ、これで結構です」

「なにっ」

「これしかないんです。警官の時は制服でしたから」

困った奴だ、という顔で、藤堂は書類をつき出した。

「これを備品課へ持っていって、拳銃や捕縄《ほじょう》をもらってこい」

一応書類をうけとった純だったが、

「ここを消して下さい」

と、彼が指さした項目をみると、拳銃と書いてある個所だ。

「なぜだ？」

「持ちたくないんです」

「なんだと……」

それまでじっと形勢を見守っていた石塚が、たまらなくなったとみえて、デスクから立ってきた。

「なんで拳銃がいらないんだ、理由をいえ、理由を！　いいか、お前がどう思おうと、デカには拳銃が必要なときがあるんだ」

食いつくようにして、石塚はつづけた。

「おまえの前任者のマカロニは、街の真ン中で誰かわからねえ奴に刺されて死んだんだぞ。デカってのはな、いつそんな目に遭うかわからない。いいか、デカを憎んでいる奴はこの世間にごろごろしているんだ！」

あたりが水を打ったようにしーん、となった時、藤堂のデスクの電話が不意にけたたましく鳴り出した。

「えっ、警官が！」

藤堂の反問に、刑事たちは一斉に緊張して彼を見詰めた。

「弥生町の派出所で若い警官が首を吊った」

「首吊り？」

と、石塚が問い返した。

「ゴリ、そのジーパンと一緒に行ってこい」

「こいつと一緒ですか？」

「そうだ、仕事はじめだ、いろいろ教えてやれ」

石塚はしばらく返事をためらっていたが、やがて観念したらしく、

「ジーパン、ついてこい」

半ばやけくそで怒鳴った。

弥生町派出所の宿直室で発見された若い警官の死体のそばに、一通の遺書が残されていた。

石塚が予想した通り、それには、大場清枝を射殺した拳銃は、自分が盗難にあった拳銃にちがいないこと、その責任をとるために死を選んだこと、犯人をぜひ逮捕してほしいことなどが乱れた文でつづられてあった。

「おまえさんが拳銃を持ちたくない理由が、今、わかったよ」

遺書を読みおわってから、石塚が純に向かっていった。

「いってやろうか。ハジキを盗まれて、この男のように首でも吊るようなことになったら大変だからだろう」

石塚の嫌味な言い方も、純にはべつに気にならなかったようだ。彼は表情を変えるわ

けでもなく、相変らずなげやりな調子で、石塚にたずねた。

「拳銃を持たなきゃ、デカは勤まりませんかね」

この野郎まだわからんのか、と、石塚は歯がゆい気持で純を見据えて、

「勤まることは勤まるが、ただし、命が惜しくなけりゃの話だ……」


大場清枝が射殺されてから半月ほど経ったある日、新宿にある駅ビルデパート地下の駐車場で、若い女性が拳銃で殺された。

やはり犯行時刻は真昼時である。殺された女性は菊花女子大の二年生で、中上貴子という美人。犯行に使われた拳銃は弾痕を調べた結果、やはりＳＷ45であることがわかった。

中上貴子は人気《ひとけ》のない地下駐車場で車に乗ろうとしたところを殺されたのだが、ものを奪われた形跡も、暴行の形跡もなかった。これは大場清枝の場合と酷似した犯行である。藤堂は、同一犯人の仕業にちがいないと睨んだ。

七曲署では、連続して起こったピストル殺人事件に躍起となったが、犯人の見当が皆目つかない。管内の暴力団、前科のある者、変質者などを一応総当りに当たったものの、まったく手応えがなかった。捜査本部は一日一日焦燥《しょうそう》の色を濃くしていった。

「おまえたちは、一体なにを調べているんだ、この所轄内で、盗まれた警官の拳銃でも

う二人も人間が殺されているんだぞ。やられたのは若い女性、しかも金があって美人ときている。これだけハッキリした特徴があるのに、まだホシの見当もつかんのか！」

署長は藤堂の顔をみると、ヒステリックになる日が多くなった。

むろん、藤堂としても、ただ漫然と腕をこまねいているわけではなかった。大場清枝と中上貴子の身辺を徹底的に洗ってみたが、どうやら二人につながりはなく、この苦労も水の泡になろうとしていた。犯人は通り魔のように、なんの怨みも利害関係もない者を撃って、どこかへ立ち去ったのだろうか。ただ拳銃を撃ちたいために、拳銃を奪い、偶然に美しい標的を二つ選んだにすぎないのだろうか。そのようなある日の夜、警官の首吊り事件以来、否応なしにコンビを組まされた石塚と純が、捜査第一係の部屋で捜査経過を藤堂に報告していたとき、緊急の電話が入った。新宿歌舞伎町の喫茶店「ブッシュ」で、仲間に拳銃をみせびらかしている男がいる、という情報である。

すぐ石塚は純を連れて現場へ向かった。車のなかで石塚は二丁の拳銃に弾丸をつめ、その一丁を純に渡した。

「こいつはおまえのだ、大切にしろよ」

石塚がいったが、純は膝においたまま、手に取ろうとしない。

「相手は拳銃を持っているんだ、オモチャじゃねえんだぞ。おれたちが飛びこんだ途端に、バシッ！　とくるかも……。それでもいらないというのか！」

車がガクンとゆれた。石塚は思わず純の膝へ手をついた拍子に拳銃が手にふれた。彼はそのまま拳銃をつかむと、純のベルトへ無理に押しこんだ。

歌舞伎町の「ブッシュ」は、コマ劇場の裏手にある中規模のジャズ喫茶だ。前から暴力団の巣になっていて、麻薬取引や、売春のポン引が目立つ場所だった。

石塚と純はなに食わぬ顔で店へ入ったが、相手は毛色のちがった人種、敏感に反応する。

奥に固まっていた連中がいきなりボックスから飛び出して、てんでんばらばらに逃げ出した。

純はまっさきに裏手へ逃げた男を追った。男は調理場を抜け、勝手口のポリバケツを蹴倒して、向かいの路地へ駆けこんだ。

純がなお追った。長い脚が車輪のように回転し、たちまち男を路地の隅に追いつめた。男はバーの勝手口からなかへ飛びこもうとしたが、ドアが開かなかった。この辺の地理にくわしい男だけに路地へ駆けこんだのだが、かえってそれがいけなかった。ドアに鍵がかかっていた。路地は行き止まりだった。男の背後にはビルの厚い壁が暗い空までそびえていた。

「撃つぞ!」

くるりとむき直った五分刈の男は、獰猛《どうもう》に歯をむき出して拳銃を構えた。拳銃を持つのがはじめてらしく、両手でしっかりと握りしめ、および腰で純を威嚇した。男の手が震えている。

純はピタリと止まった。路地は大人が二人並んでやっと歩ける程度の幅しかなかった。目をつむって撃っても、どこかへ当たることは間違いない。

「撃つぞ、野郎、逃げるんだ、近よるな……」

男は無茶苦茶に喚いた。そのとき、路地の入り口に石塚が現われた。彼は純をみて、

「あぶない、柴田、戻るんだ！」

と、叫んだ。

純はチラッとふり返った。

「応援がくる、戻れ、命令だぞ！」

再び石塚が叫んだ。純はうなずいて、ゆっくりと踵《きびす》を返しかけたが、突然、猛然と突っこんだ。男は不意をつかれ、夢中で引金をひいた。拳銃の銃身がぐん！　とはねて天をむいた。弾丸は暗い夜空を撃ちぬいた。

男が二発目を撃とうとしたとき、純にタックルされて、もろくも仰向けに引っくり返った。その上に純が飛びつき、さらに石塚がその上に飛びついた。

「死にたいのか、このばかやろう！」

石塚は犯人よりも純を怒鳴りつけ、純の胸ぐらをつかんでひき起こし、力まかせに二

つ三つ殴りつけた。

逮捕した男が持っていたのは、ＳＷ45ではなく、モデルガンを改造した手製の拳銃であった。

署に戻った石塚は、ほとほと呆れたというように純の顔をみながら、藤堂にいった。

「ボス、もうこいつと組むのは閉口です。誰かと交代させて下さい」

「ゴリさん、だいぶ手を焼いたらしいな」

「死にたがってる奴とは組めません」

「純、おまえ、死にたいのか」

と、藤堂がいった。

「いえ、別に……」

「じゃ、おまえ、なぜ拳銃を持ちたがらないんだ！」

「……」

「ゴリさん、親父のこと、知ってるか」

「いえ、なにか」

「こいつの親父もな、拳銃を持たなかったらしい」

どうしてです、というように、不可解な顔で石塚は藤堂を見た。

「一般市民に接する派出所の警察官が、でかい拳銃をブラ下げる必要はない、といって、一度も下げようとしなかった。そしてある時、パトロール中に拳銃を持った男に撃ち殺された」

「殉職ですか……」

「いろいろいわれたらしい。職務規定違反だとか、世の中を甘く見たとか。それで殉職扱いにもならなかった」

「そいつはひどい！」

　思わず石塚は呻いて、純をみた。純はそっぽを向いていた。二人の話を聞いていない素振りだったが、彼の眼の奥には、怒りと悲しみがないまぜになった複雑な光が宿っていた。


　中上貴子が殺されてから十日ほど経った昼下り、七曲署からわずか五百メートルと離れていないわりに人通りの多い路上で、第三の殺人事件が発生した。やはり若い女性でテニスのラケットを持っていた。身元を照合してみると、世田谷経堂に住む貿易会社の社長令嬢で志村早百合という二十四歳の女性だった。

　はじめ大場清枝が殺された場所は、新宿もほとんど中野に近い落合だった。次に、中上貴子が殺された場所は駅ビルの地下駐車場である。そして、第三の殺人は、七曲署の目前で行なわれた。これはなにを意味しているのか。犯人は若い女性を殺すのが目的ではなく、実は公然と警察に対して挑戦しているのではないのか。そう考えれば、警察官から奪った拳銃で次々と事件を起こしている意味がわかるような気がする。

「犯人は七曲署に挑戦しているのだ」

「いや、藤堂に挑戦しているんだ。藤堂を辞職に追いこむまで、犯人は殺人をつづけるにちがいない！」

こんなきびしい噂が藤堂自身の耳にも入った。藤堂は周囲の冷酷な批判と、内心の焦りに、じりじり身を灼かれる思いで、遅々として進まぬ捜査に力をあげていた。彼は捜査第一係の者を集めて、いままでの捜査の成果を検討した。

大場清枝、中上貴子、志村早百合、この三人の女性を結ぶ糸はまったくない。三人とも別々の世界に住み、別々の生活を営んでいる。三人の射殺された現場には犯人の遺留品もなく、目撃者もまた一人もいないという難事件だ。捜査第一係の刑事たちの推理も、結局は堂々めぐりで、捜査会議はとかくしめり勝ちな雰囲気だった。

「ともかく目撃者を探し出すことだ。大場と中上の場合はともかくとして、今度の志村の場合は、人通りの多い路上で殺《や》っている。一人ぐらい目撃者がいるにちがいない、その手しかないいな」

沈痛な表情で藤堂がいったとき、伸子がふとつぶやいた。

「志村というお嬢さん、ラケット持っていたっけ」

「うん……それがどうかしたのかね。あれは上等なラケットだった。買った店もチャンとわかっているが……」

「射殺された三人の女の人ですけど、ひょっとしたら同じテニスクラブに入っていたのじゃないかしら」

「テニスクラブ？」

「最近、すごく流行っているんです。テニスクラブ」

「よし、都内のテニスクラブへ片っぱしから電話をかけて当たってみろ。要領を得ないところはすぐ車をとばして調べるんだ！」

捜査第一係室は俄然色めき立った。刑事たちはいままでの沈んだ表情をどこかへふっ飛ばし、電話をかけはじめた。

「ボス！」

ものの十五分もたたない間に、電話機にしがみついていた石塚が、躍りあがるような格好で椅子からはねながら叫んだ。

「ありました。成城のＪＯＹテニスクラブです。三人とも同じクラブのメンバーでした」

「匂うな、やっと匂い出した」

山村が珍しく昂奮気味にいった。

「テニスクラブの責任者とかいう男が、ブツブツ文句をいってましたよ」

受話器をおいた石塚が、はずんだ声で藤堂にいった。

「うちは都内でも最高級のテニスクラブだとか、威張っていました。そんな犯罪者みたいな連中とはなんの関係もない、というご託宣《たくせん》です」

「JOYテニスクラブの女が三人もやられている、ということは、第四、第五の犠牲者が出る危険性がある、ということだ。……誰か、テニスのできる者はいないか」

藤堂は、一同の顔をみまわした。

「殿下、あんたはやれそうじゃないか」

山村が島をみていった。

「テニス、とんでもない、あれは貴族がやるものですよ」

「貴族？　よせよ、いまどき貴族なんて日本にはいないはずだぜ」

と、石塚がいった。

「年寄りはどうもみんな自信がなさそうだな」

といいながら、藤堂は視線を純の方へ移した。藤堂の眼と純の眼がぶつかったとき、純がなんとなくうなずいた。

「できるか」

「ええ、ちょっとなら」

「よし、伸子と一緒にJOYに張りこむんだ」

躊躇なく藤堂は若い二人へ指令を出した。

成城のJOYテニスクラブはゴルフ場のように広くて美しかった。十四、五面もあるコートには、それぞれシックなテニスウエアを着込んだ男女が、華やかな笑声をたてながら、白球を打ちあっている。人々が汗水たらして働いている時間だというのに、なんという優雅な遊びを楽しんでいる人間たちであろうか。石塚が日本には貴族なんかいない、といったが、ここにいる人間たちはやはり貴族なのではなかろうか、と、伸子は思った。

純と伸子は一応テニスウエアを着こみ、ラケットを持ってコートへ現われたものの、なんとなく板につかない感じで、あちこちへ視線を配っていた。

「ねえ、柴田さん。プレイもしないでうろうろしていたら、かえって怪しまれるんじゃない、ちょうどいい機会だから、コーチしてくれないかしら。私、ぜんぜん知らないのよ」

純と芝生のグランドを歩きながら、伸子が話しかけた。

「おれ、知らないんだ」

「えっ、だって、あなた、さっき……」

「そう。ウソついたんです。そういえば行かせてくれるだろうと思ってね、おれ、捕まえたいんですよ、この手で、拳銃なんかふりまわしていい気になっている奴を。素手で思い切り張り倒してやりたいんだ！」

「あなた、そんなに拳銃が憎いの？」

それには答えず、純は空いているコートの方へ歩き出した。空きコートのサイドには、野球場にあるような一人掛けの椅子をいくつかつらねたベンチがあった。二人はそこまでくると、どちらからともなく腰をおろした。

「いいなア、あんなふうにテニスができたら……」

少し離れたコートで、軽快にラケットをふっている男女を眺めて、伸子が溜息まじりにいった。

「おれは死んだ親父のことを思い出しますよ」

「お父さんとテニスと関係があるの？」

「一生苦労して死んだんですよ。だから、おふくろだっていま苦労しているってわけ。おれもね、あんなふうにテニスをしているのを見ると、ブチ殺してやりたくなるほど憎らしくなるんだ」

「ブチ殺すなんて、そんな……でも確かに矛盾を感じるときがあるわね。どうして私たちって同じ人間なのに、こうも生活程度がちがうのかしらって。テニスやゴルフを悠々と楽しんでいる人がいるかと思えば、生活保護でその日その日をやっとしのいでいる人もいるし。でも、それが人生なんでしょうね」

伸子と純がボソボソと話していたとき、コートのフェンス脇にある駐車場へ、真っ赤なボディのスポーツカーが軽快なエンジン音をたてて滑りこんできた。

話をやめてふり向いた二人の前へ姿を現わしたのは、派手なスーツを着た青年と、若奥様タイプの女性だった。

青年がガムを口へ放りこみながらなにかいうと、女性は媚《こ》びをたたえた顔で笑い、青年に近寄って腕を組んだ。二人は楽しげに語らいながらクラブハウスの方へ歩み去った。

「私、ちょっと行ってくるわ」

伸子が立ちあがった。ピンとくるものがあったのだ。純は黙ってうなずき、そのままベンチに残った。

伸子がクラブハウスの方へ行ってから、十五、六分も経っただろうか、何気なく横を向くと、隣の空きコートのベンチに、一人の青年がポツンと坐っていた。

青年は、スポーツカーで乗りつけた若者とは対照的になんとなくジジむさく、身なりもよくなかった。一見してテニスクラブの会員ではないようにみえた。あるいはこのコートで働く従業員なのかもしれない、と、純は思った。

伸子が戻ってきた。

「調べたわ。あの青年は城北大学の四年生で和田恍彦という男よ。かなりの女性ハンターらしいわ。噂だと、最初に殺された大場清枝とも関係があったらしいわよ」

「あとの二人とは、どうなんですか」

「それがよくわからないのよ。あんまりしつこくも聞けないでしょ。会員の人たち、みんなお上品だから、長屋のおかみさんみたいにペラペラしゃべらないのよ」

「すぐ石塚さんに応援を頼んで尾行したらどうですか、和田を」

「あなたはどうするの?」

「おれ、ちょっと行くところがあるから、頼みます」

さっきから、もの思いに沈んでいた隣のコートの青年が、やおら立ち上り、フェンスの方へ去って行くのを眼で追いながら、純は急に思いたったようにいった。


国立競技場に近い木立のなかで、灯りを消し、駐車していたスポーツカーのなかから、突然、女の悲鳴がきこえた。

だがこのあたりは昼間はとにかく、夜間はほとんど人が通らなくなるので、悲鳴はむなしく夜の濃い闇に吸われた。

二度目の悲鳴が木立を細く縫ったとき、車から女が転がり出てきた。つづいて男が飛び出して、逃げようとする女の襟へ手をかけた。

その瞬間、二条のライトが男の眼を射《い》つぶした。

「あっ！」

と、顔をおおった男は、はげしい勢いで地面へ叩きつけられた。男は昼間成城のJOYテニスクラブに現われた和田恍彦であった。

「この野郎、立つんだ！」

襟髪をつかんで引きずり起こしたのは、山村である。山村のうしろには、女をかばいながら石塚が油断なく和田をうかがっていた。しかし、腰車で投げつけられた和田にはもはや抵抗する元気はない。荒い呼吸をしながら眼をむいて女を睨みつけていた。

「拳銃は持っていないな」

からだをしらべた山村がいった。

「拳銃、冗談じゃない、僕はそんな！」

「貴様、この女性をどうしようとしたんだ！」

「どうするって、僕はなにも……」

「なにもだと、この野郎、この人が悲鳴をあげたのに、なにもしないなんて。乱暴したんだろう？」

「そうじゃないんですか、あんた！」

女性を保護していた石塚が、ふりむいて聞いた。

「いいえ。この人、オーデコロンの匂いが強すぎたのよ」

「え、なんだって、オーデコロン？」

石塚と山村が思わず顔を見合わせた。一瞬、女のいった意味がわかりかねたのだ。

「ええ。私、男性が強い香料を使うの、あまり好きじゃないんです。それで、和田さんに、匂いが強すぎるからいやだっていったら、いきなり怒り出して」

女が弁解をはじめると、和田は得々として、

「僕のは最高級のオーデコロンだ。いままでつき合った女性のなかで、文句をつけた女《ひと》は一人もない！」

「でも、私はいやなのよ！」

「きみは嗅覚がおかしいんだ、香水をつける資格がないぞ」

「あなたこそなによ。そんな安っぽい香水なんか使って、おかしいわ」

「なに、きさま、もういっぺんいってみろ、この淫売《いんばい》！」

「まア、淫売だって、畜生っ、刑事さん、そいつは色魔です、女たらしよ、つかまえて！」

二人が顔いろを変えて、怒鳴りあっているのを、石塚と山村は黙って見ていた。ばからしくてものがいえなかった。ここまで執拗に追跡してきたのが、なんとも阿呆らしくなったのである。

「淫売と色魔の喧嘩か」

と、石塚が吐き出すようにいった。

「帰ろうや、ゴリさん、こんな連中といつまでもつき合っちゃいられんよ。まったく」

勝手にしろ、とばかりに、山村は石塚を促した。

「ボス、昨夜ほど情けないと思ったことはありませんよ。あのスポーツカーの二人ときたら、ほんとに……」

石塚が藤堂を前にして、さんざんこぼしているところへ、飄然《ひょうぜん》と入ってきたのは、純だった。

いまごろまで連絡もせずに、どこをうろついていたのかと、誰かの口からそんな怒声が飛び出しかけたとき、

「ちょっと気になる男がいたので……」

と、純がボソッと口をひらいた。

「コートのベンチにじっと座っていた若い男なんですが……」

「拳銃でも持っていたのか?」

と、山村がいった。

「いいえ、別に。ただ、おれも同じようにテニスコートをのぞいていた時があったんで

す。それを思い出したんです。親父が死んでおふくろと二人で苦労していたころ、おれたちと無関係な人間がここにいると思って。……もしあの時、拳銃を持っていたら、おれ、ひょっとして、人殺しをしてたかもしれない……」

「おい、おい、自分の思い出ばなしで容疑者を割り出しちゃ困るな」

と、殿下が言った。

「あなたは結局やらなかった。誰だって、そんな単純なことで人を殺したりしないわ」

なぐさめ気味にいったのは、伸子である。

「しかし、もし拳銃があったら、どうだろう。ぜったい撃たない、という保証はない……」

反撥するように石塚がいった。藤堂が例の大きな目をぎょろっとむいた。

「調べたのか、その男のこと」

「ええ、男の名前は木村清、十九歳、工員です。まじめな男で、今まで工場を休んだことはほとんどありません。それが、先々週の火曜日と先週の金曜日に休んでます」

「なに、火曜と金曜!」

と、藤堂の声がはずんだのも当然、第二、第三の女性射殺事件発生の日だ。

「男の家は？」

「代々木八幡のアパートです」

「よし、家宅捜索だ。すぐ令状を出す」

山村をはじめ、藤堂班が代々木八幡のアパートへ乗り込んだが、木村清は不在だった。ただちに、家宅捜索が行なわれ、戸棚から出てきたアルバムに、殺された三人の女がラケットをふっている写真が貼りつけられてあった。

そして、戸棚の布団のなかに、望遠レンズをはめたカメラが隠されていた。純はそのカメラを持って、近所のカメラ屋へ飛び、装塡されていたフイルムをすぐ現像してもらった。するとラケットをふる若い美しい女性のコマ撮りが現われた。四人目の犠牲者だ、と、純は直感した。

山村たちは木村が勤めている世田谷のカメラ工場へ行ったが、彼は工場を休んでいた。

「奴はテニスクラブだ。弾丸はまだ二発残っている！」

撃つな、撃つなよ！　と、念じながら、七曲署の刑事メンバーがテニスクラブへ急行した。

この前、純と伸子が座ったベンチに、ぽつんと木村が腰をおろしている。

その眼前のコートで、木村のカメラに撮られていた若い女性が嬉々《きき》として、プレーに熱中している。

辺りの様子をうかがっていた木村は、こっそり拳銃を取り出した。その時、足音を殺して近寄った純が、豹のように宙を飛んだ。

はっとして、ベンチから木村は立ち、震える手で銃口を純に向けた。

「どんな気がした！　拳銃を撃ったとき、どんな気がした！　偉くなったような気がしたか！　強くなったような気がしたか！　いい気持だったか！　撃て！　撃ってみろ！」

純は激しく喚き、一歩、一歩と近づいた。

「やめろっ、危ない！」

石塚が叫び、コートサイドから駆けてくる。

逃げ腰の木村は、無我夢中で引金をひいた。二発、たてつづけに撃った。一発は純の頬をかすめ、すっと血が流れた。

純は木村に飛びつき、捻《ねじ》り倒して、殴りつけた。

「もういい、やめろ」

石塚が純のからだを離し、木村に手錠をかけて、

「負けたよ、おまえには……」

と、荒い呼吸のなかで、石塚はつくづくといった。

テニスを楽しんでいた連中が、呆然と一瞬の出来事を眺めていた。

パトカーに木村は乗せられた。

「柴田、大丈夫か？」

「大丈夫です」

「親父さんのいい供養《くよう》になったな」

藤堂は、ぶすっとした顔の純の肩を軽く叩いていた。

大都会の追跡

眼の前で札束を数えていた女子職員の前野妙子が、突然、手にしていた札束をとり落した。そんなことは滅多になかった。

同僚の松田君子が、「どうしたの」と、声をかけながらうかがうと、妙子の顔はひどい汗である。そろそろ暖房が欲しい季節になっているのに不思議だった。

「お熱があるんじゃない」

君子が妙子の額にさわると、ひどく熱い。

「いけないわ、すぐ病院に行かなくちゃ」

本人よりも君子の方が慌てて席を立ったとき、妙子のからだがくっとゆれて、机の上の札束のなかへ顔を突っこんだ。

「誰か、早く救急車を呼んで！」

君子が悲鳴に近い声をあげた。店内はたちまち大騒ぎになった。こんな時の男子職員はまったく役にたたない。ただおろおろするばかりだった。

新栄信用金庫の女子職員前野妙子が、救急車で運ばれた直後、保健所の車が同社の前にとまった。閉店時間後の出来事なので、むろん表のシャッターは厳重に閉じられていた。

白衣を着た保健所員は消毒液の入った携帯《けいたい》タンクのようなものを肩にかつぎ、店の裏口から店内に入った。

「救急病院から連絡があってやってきたのですが、支店長さんは」

と、その保健所員がいった。警備係がすぐ彼を連れて、支店長のデスクに案内した。

「七曲保健所からまいりました。患者がどうも真性コレラらしいというので」

「えっ、コレラ、本当ですか！」

支店長の声に、店内で仕事をしていた職員が一斉に手を休め、不安な表情で彼等を見守った。

「ど、どうしたらいいでしょうか」

支店長はコレラの一言で、すっかりとり乱してしまっている。彼は偶然にも今朝の新聞で、北アフリカから南欧州にかけて猛威を揮《ふる》っているコレラが、日本に上陸する危険が出てきたという記事を読んでいた。それが、彼の恐怖をいっぺんにあおりたてたのだ。

「心配しないで、私の指示に従って下さい」

と、保健所員はいった。三十四、五の、色の浅黒いしっかりした感じの男である。職員たちはすがるような眼を彼に向けながらうなずいた。

「仕事をそのままにして、机から離れること。とくに前野さんの机のものには、絶対に手をふれないように」

保健所員の指示で、二十人足らずの職員は、夢遊病者のように椅子から離れた。彼等はすでに死の恐怖を前にして、おのれの判断と意志とを失ってしまっていた。

保健所員は職員たちを誘導して、トイレの隣の用務員室に入った。

「いいですか、ここで静かにお待ちいただきます。目下、各保健所から予防ワクチンを集め、ここへ急送してくるはずです。それまでの辛抱です」

と、保健所員がいった。

「コレラって、感染《かんせん》したら高熱を出して、すぐ死んでしまうんじゃないでしょうか」

前野妙子と机を接していた松田君子が、うわずった声でいった。それを聞くと他の女性たちが騒ぎ出した。なかには床にべったり腰をおとして、泣き出す者もいた。

「静かに。私の指示通りに行動していただかないと、生命を保証しかねます。いいですか、みなさん、勝手な真似は慎んで下さい。それからここにじっとして、ものにさわったり、お互い口をきいたりしてはいけません。誰がコレラの保菌者かわかりませんから」

保健所員がきびしい口調で叱るようにいい、消毒液であたりのものを消毒すると、用務員室から出て行った。

彼は、一人残っていた支店長に前野妙子のデスクまで案内させ、念入りに消毒すると、

「この人が手で触れた札が金庫に入ってはいないでしょうね」

と、たずねた。

「いいえ、ここで数えた札束は、ほとんど金庫へ収納されています」

「それは危険だ、すぐ案内して下さい」

と、保健所員は、命令口調になった。金庫は支店長だけしか出入りできない。しかし、この場合は特別なケースだ。人命がかかっているのだから、断わることはできない。それに支店長はコレラの恐怖にすっかりとり憑かれているので、自分からすすんで大金庫の扉をあけてしまった。

先に立って入った支店長が、札束の収納ケースを指さして、なにか言おうとしたとき、いきなり保健所員が彼の首へ腕を巻きつけた。

「なにをする！」

苦しまぎれにもがいたときは、すでに遅かった。彼はハンカチにしみこまされたエーテルをふんだんに嗅ぎこんでその場に昏倒した。

保健所員は俊敏な動作で、タンクの中の消毒液を全部その場に捨てると、札束をその

中に片っ端から放りこんだ。消毒液用のタンクは意外に沢山の札束を吸いこんだ。

数分後、彼はひっそりとしずまりかえっている用務員室の前を悠々と通り抜け、白衣をつけたまま乗りつけた擬装《ぎそう》の車に乗って、逃走したのである。

盗まれた金は、一億二千万という巨額であった。


最初、前野妙子が共犯ではないか、と疑われたが、調べがすすむにつれ、彼女の白が決定的になった。

事件当日、妙子は近くの喫茶店で軽い昼食をとっている。サンドイッチとオレンジジュースである。

食事後、彼女は一度トイレに立っている。このことは店のウエイトレスも偶然にもおぼえていた。もっとも、しょっちゅう妙子がこの店を利用するので、顔見知りのせいであるかもしれなかった。

トイレから出てきた妙子は、のみ残しのジュースをきれいにのんでから店を出ている。つまり、犯人は彼女がトイレに立ったスキを狙って、ジュースのなかにある種の毒物をいれた、と思われるのである。ということは、妙子は前から犯人に狙われていた、ということなのだ。彼女こそ事件の最大の被害者であったわけである。

むろん妙子の病気はコレラでもなんでもなく、一時的な発熱で、一日入院しただけでケロリとなおってしまった。七曲保健所でもそのような所員はいないし、コレラ患者発生の通告などどこからもうけていない、という。完全に犯人ひとりの芝居であったわけだ。

「どうもこいつはあまりにも手際がよすぎるな」

捜査の陣頭指揮にあたっていた藤堂は第六感にピンとくるものがあった。彼は早速、野崎を呼んで相談した。

「長さん、ひょっとして、矢島のやつがやったんじゃないか、と思うんだが」

「矢島というと、矢島義則ですか」

野崎も目の奥を光らせてうなずいた。そうだ、あの男ならやりかねない。

「矢島は三カ月ほど前に網走を出所しているんだ」

「そうですな、そういえば」

「あいつはいつも単独犯だ。ぜったい女なんかとは組まない」

「頭のすごく切れる奴です。他の世界であの頭を使ったら、たちまちトップになれるのに」

「度胸も満点だ」

「もし警察官になっていたら、係長ぐらいにはなっていますかな」

「おれなど問題じゃないだろう」

藤堂は苦笑をおさめて、

「写真を新栄信用金庫へ持っていって、首実検してきてくれないか」

「わかりました。早速やってみましょう」

「しかし長さん、一億二千万円とはやったなあ」

さすがの藤堂も思わず溜息が出た。

「それも古い紙幣だけで、金庫のなかにはナンバーの揃った新しい札が五千万ほどあったんですがね。そんなものには目もくれない」

「カッコいいわ！」

丁度そこへお茶を運んできた久美が、つい口をすべらした。

「こら、カッコいいとはなんだ、お前も警察の人間じゃないか！」

睨みつける藤堂に、

「そんなことといったって、久美はそれでも感じたままをいわなければすまない気持だった。

「そんなことといったって、長さんたちが一生ここに勤めて稼ぐお金はせいぜい、ン千万ぐらいじゃないですか。それを一瞬のうちに稼ぐなんて、しかも殺しも傷害もなしに」

「お前は泥棒の味方か、それとも……」

「お金がもう少しほしいだけデース」

ツンと顎をあげると、久美は仰々《ぎょうぎょう》しく回れ右をして、出て行ってしまった。

「いつまでたってもあれだ。困った奴だ、まったく」

「しかし、ボス。無理もないですよ、金があればなんでもできる世の中だから。とくに若い女の子だったら、素晴らしい車やダイヤモンドが欲しいでしょうからね」

「長さん、金の話はよそう、不愉快になるばかりだ」

鬼刑事の藤堂も、金にはとんと縁のない男なのである。だが、彼の第六感は見事にあたった。写真照合の結果、信用金庫の職員のほとんどが、矢島に間違いない、と証言したのだった。

捜査第一係の刑事たちは、ただちに矢島の足取りを追って、飛び出した。


東武東上線の上福岡駅を降りて十二、三分も歩くと、波をうつ黄金の稲穂の彼方に、赤や青の瓦屋根を陽にきらめかせて、建売り住宅がギッシリと並んでいる。

田園のなかにそこだけ異様に都会的な雰囲気がただよっていた。

田圃《たんぼ》道につっ立ったまま感心したように腕組みして、住宅団地を遠望している野崎に気づいて、

「どうしたんですか、長さん」

と、呼びかけたのは純である。

「うん、チョットな」

「チョット、どうしたんですか」

「いや、一億二千万あれば、うんと庭の広い家を買って、残りの金で悠々と暮らせるんじゃないか、とね」

「年寄りの考え方はやっぱりちがうな。おれだったら家なんか買わないね。航海用のヨットを買って、一生、海をヨットで乗りまわして暮らしますよ」

「ヨットなんかつまらん」

言い合っているうち、どちらからともなく馬鹿馬鹿しくなって笑い出した。

「ところで長さん、矢島って泥棒野郎は、そんなに有名なんですか」

「有名人だよな、あいつは、おれたちの世界では。いつもたった一人で突拍子もないことをやる。この間はニセの夜間金庫を作って、五千万円盗んだ」

「ああ、あの事件ね、ケッサクだな。あれは、商店街の連中は、銀行の夜間金庫だとばかり思って、金袋をどんどん放りこんだ。ところが、そいつがとんだベニヤ板のにわか作りの金庫だった……」

「女と高飛び寸前につかまったよ。美沙子という女だ。内妻だがね、こいつが彼の唯一の弱点だ」

「その美沙子っていう女は、矢島が服役中に、別の男と結婚してしまったんでしょう」

「そうだ。いつまでも待ってますわ、なんていうのは映画のなかだけの話さ。あの建売り団地のなかの一軒に、その美沙子が住んでいるんだ」

野崎は、白く長くつづいている一本道の果てに、ゴチャゴチャとかたまっている住宅群へ目をむけていた。

「しかし、自分を裏切った女のところなんかへ、現われますかね、犯人が」

「そいつはなんともいえん。ただ、われわれと矢島をつなぐのは、いまのところ美沙子しかいないんだ」

住宅地の入口の付近まできたとき、野崎が純の袖を引いた。管理事務所のそばに空地があって、そこに一台の車が停っていた。車のなかにいるのは石塚と山村だった。二人は注意深く辺りをうかがいながら、車のそばへ歩んでいった。

「ご苦労さん」

と、野崎が車内の二人に声をかけた。山村が眠そうな顔で応えた。徹夜の張込みをつづけていたのだ。

「美沙子の家は？」

「川っぷちに面した角の家です。道はここへつづいていて、駅の商店街へいくには、どうしてもここを通らなければいけません」

と、石塚が言った。

「美沙子の様子はどうですか？」

「昨夜からどこへも出ませんね」

「やっぱりね」

と、純がそれみろといわんばかりにみんなの顔を見た。

「どうした、ジーパン」

と、山村がいった。

「いくら愛し合った仲といったって、五年も前のことじゃないですか。もうとっくに心変りしてますよ。現に女は他の男と一緒に暮らしている、矢島だって同じじゃないですか。一億何千万という大金を持っているんだし、女なんかいくらだって手にはいる」

「……」

「お前みたいな若い奴の五年と、中年になってしまった男の五年とは、違うんだよ」

「そんなもんですか……」

「青春を過ぎた男にとって、一度惚れた女は、そうそう忘れられるもんじゃない」

しんみりという山村に、純も次第に軽口をたたけなくなった。

「若いうちは女でも人生でもすぐやり直しがきく。しかし矢島ぐらいになるとな、もう……」

なにを思ったか、まぶしそうに目をあげた山村は、そのままフッと口をつぐんでしまった。

真っ白く塗ったフェンスの向こうにこぢんまりとした芝生がひろがり、美沙子の家はみるからに幸せな雰囲気が漂っていた。

朝の掃除もすんで、どこの主婦もテレビのスイッチをいれて、一休みする時間だった。美沙子も毎週ずっと見つづけているテレビ人生相談をみようとして、テレビの前に座ったとき、電話のベルが鳴った。

「誰かしら……」

彼女は立って行って、受話器をとった。美沙子には、世間の人間のように親戚もなければ友だちもない。できるだけひっそりと暮らそうと考えている彼女にとっては、そのことがかえって好都合でもあった。

「山下でございますが」

といったが、相手は黙っている。不安になった美沙子が受話器を置こうとしたとき、おし殺したような声が、やっと耳に届いた。

「おれだ、わかるか」

「あっ、あなた……」

美沙子の薄い頰からいっぺんに血の気が退いた。いつかはあるいは現われるかもしれない、と不安におののいていた矢島の声だった。

「やっぱり、おれの声をおぼえていたらしいな」

「どうしてここを……」

立っているのがやっとの思いで、彼女はいった。

「探したよ、必死になってな。お前が住んでいたアパートをたずねて、引っ越し先を次次とあたたって歩いたんだ」

「もう探さないで。私は結婚したのよ、正式に」

「籍を入れたのか」

「ええ」

「子供は」

「……まだです」

「子供がいないなら、別れてもいいはずだ」

「そんな無茶な……」

「お前は、毎日同じことをくりかえしている平凡な生活には、結局、満足できない女だ。それはこのおれが、一番よく知っている」

電話の矢島の声が、暗示をかけるようにつよく断定した。

「そんな……私は生まれかわったのよ」

「美沙子、おれはいまここに、一億以上の金を持っているんだ」

「えっ、じゃアあなたなのね、新宿の信用金庫の事件は……」

「そんなことはどうでもいい。お前はおれのいう通りにするんだ、いいか！　すぐ写真を三枚用意しろ。聞いているのか、美沙子！」

「写真を、どうするの」

「偽造パスポートを手に入れるルートもみつけた。今度こそきっと逃げてみせる、お前と一緒にな」

「どこへ行くつもりなの？」

「外国だよ。外国へ行って、二人だけの平和な生活を築くんだ。牧場をやって、チーズやブドウ酒を作ってな。長かった不幸な生活とはこれきりおさらばするんだ！」

「だめ、そんな夢みたいなことといったって……」

電話にしがみつくような格好で、彼女は低く叫んだ。しかし、矢島ははじめから一方的だった。彼女の気持など一切無視した調子で最後にこういった。

「写真を忘れるなよ。待ち合わせ場所は、いずれまた連絡する」

翌日の夕方、美沙子の夫はいつもの通り、朗らかに口笛を吹きながら帰ってきた。

家に近くなると口笛を吹いて知らせるのが、夫、高雄の習慣になっていた。

美沙子はいそいそと玄関に彼を出迎えた。夫を迎えるときの彼女は、三十という年よりも三つ四つ若返ってみえた。病的に白い肌が内側から陽がさしたように明るくなって、彼女はひどく幸福そうに見えた。

風呂はあとにしようという夫を、食膳の前に座らせて、彼女はビールの栓をぬいた。

「お前ものめよ」

「一杯だけいただくわ」

彼女はグラスをとってきて、夫の酌をうけた。彼等夫婦はこうしてときどき一本のビールを楽しむのである。

「どうしたんだ?」

いつもはおいしそうに呑み乾す美沙子が、半分ほど残して、グラスをおいてしまった。

「どうもしないけど……」

「具合がわるいんじゃないのかい」

「いいえ、別に。少しからだがだるいだけ」

美沙子はわざと笑顔を作っていった。

「ひょっとすると、あれかナ。おめでたとちがうかい?」

「まァ……」

視線のやり場に困って、美沙子は俯いた。不意に悲しさがこみあげてきたが、歯をくいしばってこらえた。

「なんの不足もないんだが、ただひとつ、早く君が子供を生んでくれるとね」

半分ほどになったビール瓶を持ちあげて、彼は自分のグラスに注いだ。

「ひとりで留守番をしているのは、やっぱり淋しいだろう」

「そりゃアそうですけど、でも、あなたが早く帰ってくれるし」

「しかし、出張なんかあるとなァ……」

「大丈夫よ、私、何日だって一人で頑張るわ」

「そういうお前、写真を撮ったんだって？」

と、高雄が不意にいった。ドキッとして顔色を変える美沙子に、

「今日ね、写真屋の前を通ったら、おやじにきかれたんだよ、どこか海外旅行へでも行くんですかって。それどころじゃない、といってやったんだがね」

「ああ、アレね、なんとなく撮りたくなったのよ。おかしい？」

「そりゃおかしいよ。お前ってそういうコッケイなところがあるんだ」

高雄は愉快そうに声をたてて笑っている。

いっそのこと、彼になにもかも打ちあけて助けを求めようかと美沙子は思ったが、ついにその勇気が出なかった。

美沙子が上福岡の家を出たのは、翌日の午後四時ごろだった。彼女の様子を双眼鏡で

とらえた山村、野崎、純たちはただちに無線で連絡をとりながら、彼女のあとをつけた。

美沙子はまっすぐ池袋へ出ると、Tデパートのエレベーターに乗った。慌ててとび乗ったのは山村と純である。

（さては、この屋上で矢島と落ち合うつもりだな）

山村にはピンとくるものがあった。しかし、彼の予想に反して、美沙子は途中の階でスッと降りてしまった。

「あっ、待ってくれ」

と、二人は、ドアを閉めようとしたエレベーターガールに怒鳴った。

「お早くお知らせねがいます」

美人のエレベーターガールに、やんわりとたしなめられ、二人は恐縮しながら走り出た。

「どこへいったか」

純が見まわすと、美容室があった。

「あそこだ！」

二人がドアのなかをのぞくと、果して美沙子が椅子に座っていた。

「矢島と会うのでおめかしか」

と、山村がつぶやいた。髪をセットするとなるとかなり時間がかかる。

「おれも髪をやってきますよ」

と、純がいった。

「おい、しかし、ここは床屋じゃないぜ」

「知らないんだなァ山さんも。最近はね、男でも結構、美容院へ行くんですよ」

「そうか、じゃア頼む。おれは署に電話連絡してくる」

澄ました顔で純はドアをあけると、美沙子のそばへ腰をおろした。

「お次の方、どうぞ」

と、美容師が美沙子をうながした。そのとき、彼女はなにを思ったか、隣に座っている純に、

「どうぞ、あなた、お先に」

と、いうのである。純は一瞬面食らって、

「ハア、では遠慮なく」

と、うけてしまった。仕方がねえや、と観念して椅子に坐った純が、髪をカットしてもらっているうち、いい気持になってついウトウトとして、はっと気づくと、もう美沙子は消えていた。

「しまった！」

美容師をつきとばした純は、札をたたきつけると、猛烈な勢いで美容室から走り出た。

山村が、丁度そこへ戻ってきた。

「あのう、まかれましたっ」

「なに、まかれた、間抜け野郎！　一緒にいたんだろう、それなのに、どうして？」

山村は首をすくめる純をひっぱって、美容室へ戻った。美沙子の足取りを、少しでもつかめないものか、とはかない望みをかけたのである。

「あ、お客さん、お釣りです」

「どうも」

と、純はレジから釣り銭をうけとってから、

「さっき、おれに順番をゆずってくれた女の人、よくここへ来るんですか」

「ああ、セットをやめて出ていった方ですか、いいえ、はじめてですけど。ここを出て行くとき、レジで電話をかけてましたわ」

「え、電話を……どんな電話でしたか」

「さァ、一言、二言話しただけですけど、巨人とかナイターとかいってました」

「なに、ナイターだって！　山さん、じゃア後楽園ですよ、きっと。今夜、巨人は後楽園で試合をやるんですよ」

「そうか、よし、すぐ署に連絡して、応援を頼むんだ！」

涼しすぎるせいか空席のめだつ左翼よりの外野席に、サングラスで変装した矢島が座っていた。熱心に試合を観戦しているふりをしているが、視線はたえず辺りをうかがっていた。

「久しぶりだな」

不意にドスのきいた声がうしろからふりかかって、男がひとり椅子をまたいで、彼の隣のシートへ坐った。以前、刑務所で一緒になったことがある戸川組の幹部大杉だった。マムシというあだ名のある根っからの悪党である。

「あんたのことはずうっと気をつけていたよ」

「なんのことだ、藪から棒に……」

矢島はこんな奴の相手になってはいられないと思った。早く美沙子と会わなければならない。ぐずぐずしていれば、警察の手が伸びてくる。

「そうつれなくするなよ、矢島さん」

「おれは忙しいんだ、あっちへ行ってくれ」

「そうはいかねえ。金はどこだ、矢島……」

急に正体を現わして、大杉はすごんだ。

「金、金がどうしたんだ……」

と、しらばっくれる矢島に、大杉はせせら笑って、

「おどしたところで簡単に吐くようなお前じゃアないだろうからな」

大杉はそういうと、手に持っていた双眼鏡を矢島に渡して、一塁側スタンドの方を指さした。あそこをみろ、というのだ。

矢島が双眼鏡を眼にあてた。スタンドの最後列のところに、一人離れて男が立っている。男が隠し持っているのは、明らかにライフルであった。

「お前のスケはあっちだ」

と、また大杉が三塁側内野席の後方を指さした。双眼鏡のなかに、美沙子のおびえた顔がいっぱいに拡がって映った。

「あの男は鉄砲打ちの名人でね。まともな人生を送っていりゃあ、オリンピックにも出られたはずだった」

自信たっぷりの表情で大杉がいった。

「あの位置からは美沙子は狙いやすい、一発でOKだ」

「どうするつもりだ、美沙子を?」

「むろん金をよこさなけりゃ、眠っていただくつもりさ。この回が終わるまで待ってやる。そら、ラッキーセブンだぜ、お前にも美沙子にもラッキーになるようにな」

「待て……」

「おや、どうした、急に顔いろが変わったな」

「あれをみろ！」

と、矢島が双眼鏡を大杉に押しつけた。大杉が双眼鏡をのぞくと、ライフルを持った男が、スタンドの出口の方へ、大股で逃げ出すのが眼に映った。

「刑事に追われているんだ。この球場はデカだらけだぜ！」

と、矢島がつぶやいた。

「畜生っ」

思わずうなる大杉を尻目に、

「おれも出かけるぜ。やばくなったからな」

言いすてて、矢島は素早くスタンドの細い階段を駆けおりた。

やっとのことで美沙子を球場の外へ連れ出した矢島は、陸橋を渡ると、神田川の川っぷちへ身を潜めた。

「これからどうするの……」

息をきらしながら、美沙子がいった。

「地下水道をくぐって、ヘリポートのあるビルの屋上へ出るんだ」

「ヘリポート？」

「そうだ。そこで、おれたちをヘリコプターが待っている」

「本当！」

「本当だとも、そのヘリで日本海へ行き、待機している密航船に乗って、香港まで行くんだ」

美沙子は息をつめて、じっと矢島のことばを聞いていた。

「いいか、それまでがんばるんだ」

「ええ、がんばるわ……」

もうあとへは戻れない。美沙子はやさしい夫だった高雄の面影を振り切るようにして、矢島のあとから、地獄の穴のように暗いマンホールへからだを沈めた。

地下水道のなかは、思いのほか広かったが、鼻をつく異臭が霧のようにたちこめていた。

強い異臭にやられて、美沙子は思わずよろよろとよろけた。

「しっかりするんだ。五百メートルも歩けば、目的の場所へ出られる」

「大丈夫よ、あなた。私の手をしっかりつかまえていて……」

「美沙子、すまなかった！　おれはお前の幸せをぶちこわした、折角つかみかけた……」

「いいえ、私、やっぱり幸せじゃなかったわ。電話でいったのは、あれはウソだったの」

と、彼女は矢島の手を握り返した。

二人が手を取り合いながら、懐中電灯の明りをたよりに、地下水道のなかを目的のビルに向かって進んで行ったころ、二組のグループが矢島のあとを追って、それぞれ地下水道へもぐりこんできた。一組は大杉とその子分たち、勿論、もう一組は七曲署の腕きき刑事達。いずれも矢島の忍者的な逃走方法をよく知っている連中だ。女を連れているからには、地下水道を利用するより他にない、と、大杉も刑事たちも推理したのである。矢島の手口がそこまで読まれてしまっていたことは、彼にとって、やはり、命運尽きたりといわねばならないだろう。

「矢島さん、足音が聞こえる！」

足がもつれながら急いでいた美沙子が、荒い呼吸をしながらいった。

「足音……おれたちのものが、反響しているんだ」

「ちがうわよ！」

と、美沙子がいったとき、鼓膜を破るような銃声が間近で起こった。

「危ないっ」

夢中で美沙子を抱きしめ、コンクリートの壁に吸いついた矢島は、後方に数個の懐中電灯の光を見た。

「矢島、動くと撃つぞ！」

怒鳴ったのは大杉だった。狼たちはついに大きな獲物をとらえた。何人かの足音が入り乱れて近づいた。武器を持ってない矢島は彼等につかまるか、逃げるか、二つに一つの道しかなかった。

あと二、三十メートルも行けば、T字路にぶつかる。そこを曲れば、ヘリポートのあるビルはもう手のとどく距離にあった。

懐中電灯の光の輪が大きくひろがった一瞬、矢島はポケットのライターをつかんで、いきなり投げた。

「あっ!」

不意を打たれて、大杉たちがひるんだ隙に、矢島は美沙子の手をとり、必死で逃げた。たちまち二人のあとを激しい銃声が追った。しかし、その銃声は大杉たちのものだけではなかった。彼等は背後から追ってくる山村や純たちに、はじめて気づいたのだ。

「いけねえ、デカだ!」

誰かの声に、大杉は愕然とし、後方に向けて乱射した。もう矢島を追うどころではなかった。逃げ場を失ったねずみのように、暗い地下水道のなかを駆けまわっているうち大杉は、胸を射ぬかれて水のなかにころげ落ちた。

大杉一味と刑事たちが撃ち合いを演じている隙に、矢島はついに目的のビルの真下へたどりついた。彼は印《しるし》をたどって、マンホールを這いあがり、地上へ出ると、合鍵を使って、ビルの裏口からなかへ忍びこんだ。

「もう大丈夫だ！」

と、美沙子をはげました矢島は、彼女の脚にべっとりと血がついているのをみつけた。

「どこをやられたんだ、美沙子」

矢島はシャツをひき裂き、流弾で撃たれた彼女の太腿をしばったが、真っ赤な血が湧くように流れ落ちるのだ。

「もう少しだ、ヘリに乗ったら薬もある。ゆっくり手当てもできる！」

励ます矢島に、とりすがるようにして美沙子は、最後の力をふりしぼり、階段を一段一段昇った。

矢島はついに屋上に出た。ヘリは約束どおり、眼の前に待機していた。

「美沙子、見ろ、ヘリだ、おれたちが勝ったぞ！」

泥だらけの顔に涙を浮かべて、矢島が叫んだ。美沙子のからだを力いっぱい抱きしめたが、こたえがなかった。

「おい、美沙子、どうしたんだ！」

わざと荒々しくつき放すと、美沙子は彼の足もとへずるずるとくずれ落ちた。

「美沙子！」

夢中で抱き起こしたが、彼女の顔はすでに土気色に変わっていた。

「死ぬなよ、どうして死ぬんだ、ばかやろう！」

怒鳴りつづける矢島を、美沙子の、この世の苦しみから解き放たれたやすらかな死顔が、やさしくたしなめているように見えた。

不意にヘリのドアが開いた。降り立ったのは藤堂である。そして矢島の背後にも、いつの間にか、山村、野崎、石塚、純らがじりじりと迫っていた。

しかし、矢島は美沙子をじっと抱きしめたまま、石と化したかのように、動かなかった。

夜空の深みからときどき青い閃光《せんこう》が光り、それはフラッシュのように、屋上の一群を闇に染め出していた。

マカロニを殺したやつ

　事件が一段落して、空洞をおぼえる時間が過ぎ、雑談が交わされはじめると、待ってましたとばかりに電話が鳴って、次の事件を知らされ、素っ飛ぶように捜査に出動する刑事たち、大都会に犯罪は絶えない。

　新宿七曲署捜査第一係、係長の藤堂俊介ボスをはじめ、猛者《もさ》達が顔を揃えはじめた。

「オッス！」

　すっかり刑事らしくなったマカロニの早見淳が、勢いよく部屋へ入ってきて、雑談の中心になった。

　石塚誠は彼のうしろ姿をつくづくと眺めて、その成長ぶりに目を細めた。

「ゴリさん……」

　くるっと向き直ったマカロニが、突然、苦しげに顔をゆがめたと思ったら、

「い、痛えよう……」

と、脇腹を押さえ、その場に倒れた。

石塚は椅子を蹴って、駆け寄った。

「マカロニ、しっかりしろっ」

石塚はマカロニを抱き起こして、からだをゆすぶったが、苦痛にゆがんだ顔で目を閉じ、再び息をしなかった。

「マカロニ……」

石塚は口走り、はっとして、目がさめた。

夜がしらじらと明けそめ、室内は静まり返っている。

——夢か……そういやあ、マカロニを殺した奴、まだ挙《あが》ってない。あいつ、オレの尻叩きにきたな……。

石塚は溜息をつき、鈍《にぶ》い動作でタバコに火をつけた。

兇悪強盗殺人事件捜査に、マカロニと組んで犯人《ホシ》を追った石塚が腹部を撃たれ、入院手術、その後、マカロニは見事犯人たちを逮捕する手柄をたてた。その夜、石塚に報告がてら病院に見舞っての帰途、真夜中、西口の高層ビル建築現場で強盗に遭い、命を落としたのであった。

それだけに、石塚の心は痛む。彼だけではない、捜査第一係の誰もが、彼には多かれ少なかれ、愛惜の情を持っている。

「お早う」

殿下こと島公之、長さんこと野崎太郎、内田伸子が出勤してきて、石塚の夢の話に、耳を傾け、それぞれの感慨を新たにした。

永井久美、つづいて、ジーパンこと柴田純が眠そうに目をこすり、出勤、藤堂ボスも入ってきた。

「お早う、久美ちゃん、山さんがきたら、すぐ署長室へくるようにいってくれ」

藤堂は署長室へ出向いた。

久美が朝の茶をいれ、みんなに配っている間にも、純は話の仲間に加わった。

「マカロニって人、みんなに好かれてたんだな」

「そうだ。ジーパンの初出勤が留置場だったろう。マカロニは車で飛び込んできて、その恰好がまさにマカロニ・ウェスタン、派手な奴だった」

「それで、マカロニか……マカロニグラタンが好きだってわけじゃないのか」

「まあ、ジーパンは劇画《げきが》の主人公のように十等身、マカロニはおまえより背が低かったが、男前は彼奴の方が上だった。なあ、伸子」

石塚が伸子へ同意を求めたが、伸子はわびしげにうなずくだけであった。

山村精一が出勤してきて、久美にいわれ、首をかしげ、署長室へ行った。

それから一時間ほど経った七曲署の屋上で、藤堂と山村が金網を背に青空を仰ぎ、話し合っている。

「おめでとう、山さん。どうした？　まるで鳩が豆鉄砲食ったような顔して……」

「ほんとうにわたしが本庁の捜査一課へ転勤するとは信じられませんね」

「署長も君のようなベテランを放したくないといったが、本庁の一課長に口説かれたんだな。オレも署長に相談されて、困ったと思ったが、こういうチャンスは滅多にないからね」

「本庁へ行くのがチャンスですか……」

「決まってるじゃないか。山さんほどの人をいつまでも、オレの下で働かせるわけにはいかんよ。そうだろう……」

「ボス……」

「その後、奥さんはどうなんだ？」

藤堂は話をそらした。

「はあ、別に……」

「心臓の方はどうだ？」

「お蔭さまで発作《ほっさ》もここのところは……待って下さい。私の本庁行きと家内の話は別ですよ」

「なあ山さん、立ち入ったことをいうが、あんた、奥さんと結婚するとき、かなり反対されたんだろう……それでも、あんたたちは結婚したんだ。あんたも苦しいことがあったろうが、奥さんもそれ以上につらかったにちがいない。本庁へ行けば、からだも楽になる。少なくとも奥さんへのプレゼントになるんじゃないか。山さん、行ってくれよな」

「ありがとうございます」

山村は思い半ばに過ぐものがあった。

捜査第一係の連中が屋上へ駆けのぼってきて、おめでとう！　と祝福した。

「おめでとうはいいけれど、部屋を空っぽにしてくる奴があるか」

「大丈夫です。ジーパン君が電話番してくれてますから……」

久美が明るくいったとき、当の純が息せき切ってやってきた。

「ボス！　三光町で恐喝《カツアゲ》です」

「この真っ昼間から……」

藤堂が眉をしかめたときには、純が走り、山村があとを追っていた。

間もなく、現場へ飛んだ山村と純から連絡が入り、石塚が急行、地方から修学旅行にきていた高校生を恐喝したヤクザのチンピラ二人組をビリヤード場で逮捕した。同じころ、島と伸子は、地下道コインロッカーに嬰児死体発見の報に、現場へ飛んだ。

その日の夕刊に「白昼高校生ゆすらる」「ビリヤード場でチンピラ大立廻り」「またロ

ッカーに赤ちゃんの死体」「オートバイ死の暴走」ｅｔｃ.の三面記事が載り、刑事たちは不眠不休の活動を強いられる大都会の日々である。


午後の空はスモッグで濁ってきた。

新宿西口からほど近いどぶ川で浚渫船《しゅんせつせん》がノロノロと、作業している。

川沿いの通りの古ぼけたタバコ屋へ、山村は立ち寄って、ハイライトを買った。

「毎日ご苦労さまですね」

店番の老婆が欠けた歯に愛想笑いをこぼした。

「一日一回、お婆さんの顔を見ないと、落ち着かないんでね」

「まあ、年寄りをからかったりして、やだねえ、お客さんは。イヒヒヒ」

老婆の笑いを背に、山村は浚渫船の作業を横目にとらえながら、西口高層ビルの建築現場に足を運んで行く。

聳《そび》え立つ鉄骨、唸《うな》るクレーン、リベットのひびきが耳をろうするばかりだ。

「マカロニ、おまえの死んだ場所も、もうすぐなくなってしまうぞ……それにな、本庁勤務になれば、オレも、もう毎日はこられない」

山村は空を截《き》る鉄骨を眺め上げ、独り言をつぶやいた。

七曲署捜査第一係室では、石塚と島がそれぞれ報告をすませたところへ、純が戻ってきた。

「ボス、ただ今帰りました」

「山さんは？」

「一寸、寄り道するとか……」

「寄り道？」

藤堂が問い返したが、島が合点顔でいった。

「また、例のコースじゃありませんか」

「そうか……」

藤堂もうなずいた。

「なんです、例のコースって？」

純が島に訊いた。

「マカロニを殺した奴を挙げたくて、聞き込みをやっているのさ」

「へーえ、今でも毎日、聞き込みをねえ。知らなかったなあ」

純が大仰《おおぎょう》に感心顔をした時、電話のベルが鳴った。石塚へタレコミのロクさんからであった。

「ロクさんか、勘弁してくれよ。こっちは一日中駆けずり回って、くたくたなんだ。そんなつまらないチンピラの話なんか……なにっ、ナイフだと……」

石塚の声音が引き緊った。

歌舞伎町の小さなスナック「ビーバー」で二十二、三の若い男がチンピラ風二人を相手におだをあげ、内ポケットから登山ナイフをちらつかせて、

「オレはな、前にデカを刺したことがあるんだ」

と、うそぶいたのを、居合わせたロクさんが小耳に挟み、タレこんできたのであった。

石塚と島は覆面車で急行することになり、戻ってきた山村も同乗、ビーバーへ向かった。

逃げようとする男と乱闘の末、島が威嚇射撃、その男を捕え、署へ連行することができた。

男は糸山譲といって、取調室であくまで高飛車な態度を変えなかった。

「とぼけるなっ。おまえがデカを刺したとしゃべっているのを、聞いた人間がいるんだ」

石塚が決めつけると、糸山はやや神妙になって、

「だから、あれは口から出まかせだって……」

「この野郎、まだとぼける気かっ」

石塚が糸山の肩へ手をかけようとするのを、山村が押し止めて、

「口から出まかせにしては、ずいぶん大胆なことをいったもんだな」

「チンピラたちにハッタリをかまそうと思ってさ」

「バカヤロオ！　てめえがチンピラのくせして、何いってる」

と、石塚は怒鳴ってしまった。

「オレはチンピラじゃねえ！」

「おまえがやったのではないのなら、どうして、あのとき逃げたんだね」

山村はあくまで感情を抑えて、

「うしろ暗いところがあったんだろう」

「うるせえなあ。そんなにオレを犯人にしたいなら、証拠を並べてもらおうじゃねえか。証拠をよ、ええっ」

取調室でがなり立てる糸山だ。

一方、捜査第一係室では、野崎が藤堂に報告していた。糸山は事件当時、九州の博多にいたことが確認されたのである。

「あのナイフは街の運動具屋で売っているありふれた登山ナイフ、それだけで引き止めておくわけにはいかんな。他に起訴するほどの材料もないし、釈放するしかないな」

藤堂ボスの見解であった。

釈放と決まって、机の上の所持品を一つ一つ、ポケットに捻じこんだ糸山は、せせら笑い、最後に登山ナイフを取ろうとして、山村にその手を押さえられた。

「なにすんだよう」

「こんなモノを持って歩いていたら、ロクなことにはならん。大怪我のもとだ、預かっといてもいいぞ」

「大きなお世話だ。返してくれよ、オレんだ」

「おまえ、仕事があるのか?」

「仕事なんかしてるもんか」

「遊んで食えるほど金があるとは思えんな」

「へえ、東京の警察は職安の真似もするのかい。そんじゃ、この辺りで一番羽ぶりのいい組を世話してくれねえか」

糸山は不貞腐《ふてくさ》れて、

「それより、オレを撃ち殺そうとしたデカはどこにいるんだよ。一言礼をいいたいね、お世話になりましたって……」

「貴様っ」

石塚が思わず糸山の胸倉をつかもうとして、山村に制止された。

「な、なんだいっ、呆れたもんだ。ここは暴力警察だ、暴力警察だよ」

と、喚いて、糸山は取調室を出て行った。

石塚は無念そうに唇を嚙んだ。

山村はタバコを吸いつけて、

「あんな奴かもしれんな」

「ええ？」

「マカロニをやった奴さ。あと先を考えずに衝動的に突っ走る……そんな奴が多過ぎる」

「今の若い連中は、みんなそうですよ」

「それだけが若さか？　え……」

山村はそういって、苛立たしげに吸いつけたタバコを灰皿にもみ消した。

「刑事殺しの容疑者はシロ」「逮捕に際して行き過ぎ？　拳銃使用が問題化」ジャーナリズムは容赦なく報道する。捜査第一係の担当者は署長に呼びつけられ、一人一人、叱責された。

「島刑事、通行人がいるにもかかわらず、拳銃を使用したというのはどういうわけか」

島がまず怒鳴られ、つづいて石塚が嚙みつかれた。

「子供みたいなチンピラを捕えるのに、店のテーブルや椅子をいくつこわせば気がすむのだ」

そして、山村は現場にいながら、若い連中の暴走をチェックできなかったことは成績にひびく、本庁転勤の身だから、しばらく捜査活動を休ませろと、署長は藤堂に命じた。

「わかりました。すべては私の責任です。申し訳ありませんでした」

と、藤堂が頭をさげ一同は署長室から退去、捜査第一係室へ戻った。

「ゴリ、殿下……おまえたち、糸山を逮捕に行ったとき、マカロニのことが頭にあったろう。あって当り前だ……誰だって、マカロニを殺した奴は憎い。そいつが目の前にいたら、オレだってぶち殺してやりたいと思うかもしれん。だがな、その感情を抑えることができなかったら、オレたちは暴力団と同じことだ。オレたちは刑事だ、そのことだけは忘れるなよ」

藤堂が強くたしなめた。

純は仲子の顔を見て、

「マカロニって人が羨ましくなった。みんな、彼のためにこんなに一生懸命になっている……もし、オレが死んだら、みんなこんなに……」

「バカヤロオ！」

野崎が激しく怒鳴ったから、一同はぎくっとなり、目を注《そそ》いだ。

「ジーパン、おまえ、仲間をなくした人間の気持がわかっているのか？　オレはな、長いデカ暮しの中で何人か仲間を失ったよ。マカロニみたいに殺された者もいれば、無理がたたってポックリ死んじまった者もいる。その度に、残された者がどんなにつらい思いをしたか……オレはもうご免だ。これ以上、仲間を失うのは真っ平だ！」

「長さん、すみませんでした」

「デカは危険な商売だ。だからこそ互いに助け合って……死んじゃいかん、絶対に死んじゃいけないのだ」

ゴリさんの声音は沈痛に一同の心耳《しんじ》をゆさぶった。

純はなにを思ったか、部屋を飛び出して行った。

署から走り出た純は山村のもとへ駆けつけた。どぶ川の浚渫船の作業を、今日も見にきた山村のもとへ……。

「山さん！」

「おお、ジーパンか、おまえも妙な奴だな」

「なにがですか？」

「こいつはオレの道楽でやってるんだ。いくらつき合っても一銭にもならんぞ」

「いいんです、オレも、道楽でつき合うと決めたんですよ」

「こいつ……」

山村は純から川面へ目を移して、片眉《かたまゆ》をひくと吊らせた。

浚渫船のパワーショベルが、川底からなにかを引っかけて、ゆるく上がってきた。

「ジーパン、あの先に引っかかっているものが、なんだかわかるかね」

「はあっ？　アイロンみたいですね、あっ、アイロンだ！　それから……」

そのアイロンにくくりつけられたボロ布のようなものの塊を、船上で山村と純は調べた。

どろどろにすっかり変色した布につつまれて、まぎれもない男物のズボンと、引き裂かれたシャツが出てきた。

「山さん!」

純が叫び、山村は立ち上がった。


捜査第一係の面々は島の帰ってくるのを、今や遅しと待っている。

「遅いなあ」

石塚は靴音を床に鳴らし、野崎は腕時計と壁時計を見くらべ、山村はタバコをくわえ、火もつけずに椅子に掛け、伸子は祈るような面持ち、久美は急須《きゅうす》を握ったまま、純は腕組み、藤堂は机をエンピツでことこと叩いている。

島が一通の書類を持って、部屋へ飛びこんできた。

「どうだった?」

石塚が問うたが、島は藤堂ボスのデスクへ書類を置いて、

「血液反応が出ました。ARh(+)、マカロニの血液型と同じです」

島の報告を聞きながら、書類に目を通す藤堂、一同も駆け寄ってくる。

「それからズボンの長さから推定して、ホシは身長一五〇センチくらいの小柄な男ということです」

「これで手がかりが三つになった。殺されたマカロニの指にからんでいた一本の髪の毛、一五〇センチ程度の小柄な男、そして、その男の足どりだ」

藤堂は書類を回覧させて、

「事件当時、われわれは一つの仮説を立てた。ホシは殺人現場からそう遠くないところに住んでいると推定した。その理由は、マカロニの状態から見て、ホシはかなりの返り血を浴びていると思われたからだ。その推定は当たった。今日、衣類が発見されたどぶ川と現場は、直線にすれば、五百メートルと離れていない。それにもかかわらず、ホシは影さえ浮かんでこなかった。なぜだ？」

と、疑問を投げかけた。

「ホシの友達がいて、共犯とか匿《かくま》ったとか……」

純はみんなの顔をうかがった。

「当時の捜査では、何人か浮かんだ共犯容疑者も、すべてがシロだった」

「じゃ、ボス、一体……」

純が藤堂に視線を当てたとき、山村が口を開いた。

「女だ、アイロンだよ。男でもアイロンを持ってる奴がないとは限らんが、あのアイロンは握りのところを毛糸のカバーでくるんであった。男がそんなことまでするとか」

「しかし、山さん、あの近辺《きんぺん》でボーイフレンドや恋人のいそうな女は、徹底的に洗ったはずですよ」

「ゴリさん、確かに洗ったな。だが、どこかで落ちこぼれ、見落しがあったはずだ」

山村が石塚にいって、一同は沈黙したが、藤堂は大きく息をついてから、命じた。

「よし、もう一度聞き込みからやり直しだ。ゴリさんと殿下はどぶ川を中心に回れ。長さんと伸子はアイロンと衣類の線を洗え。純はゴリさんの組と行動を一緒にとれ！」

ボスの声に、それぞれ勇躍、部屋を出て行った。

山村がみんなのあとを追おうとすると、藤堂は引き留めた。

「山さん、あんたはもうすぐ転任だ。これまでの残務整理もあるだろうし……」

「ボス、それは署長命令ですな。署長に伝えて下さい、私にとって、マカロニ殺しのホシを挙げるのが、何よりも重要な残務整理だと……」

「わかった、行ってくれ」

「ありがとうございます！」

足早に部屋を出て行く山村に、藤堂は頼もしさを感じないではいられなかった。

マカロニを殺した犯人を追って、再び聞き込み捜査が開始された。

夕暮どき、どぶ川沿いのタバコ屋の店内はうす暗い。山村は老婆の出した茶をすすり、純は牛乳を飲んでいた。

サンダルがけの中年の主婦が駆けてきて、店先の赤電話に手をかけ、

「おばあちゃん、これで一一〇番かかる？」

と、硬《こわ》ばった顔を店内へ向けた。

純は店先へ出て、

「なんか、あったんですか」

「あんた、誰？」

「……刑事ですよ」

純が警察手帳を示すと、中年女は彼の手を引っ張って、

「よかったわ、空巣に入られたのよ。ちょっと、きて！」

と、強引に連れて行く。

山村は老婆にたずねた。

「どこのおかみさんかな？」

「裏の松が根荘ですよ。あそこは、よく空巣に入られるアパートでねえ」

老婆は、はたと小膝《こひざ》を叩いて、

「そうそう、あんたがうちへ初めて見えたころですよ。どこかの喫茶店に勤めている若い娘さんでしたがね、ボーイフレンドっていうんですか、男の人と夜中じゅう遊び回って、明け方帰ってきたら、あんた、部屋の中に泥靴の跡がいっぱいついていたんですって……」

「で、盗られたものは？」

「それが、あんた、何を盗られたか、わからないんですって。ですから、あれは泥棒じゃなくて、女目当ての痴漢じゃないかって、噂してたんだけどねえ……」

そこまで聞いて、山村は、「ご馳走さん」とタバコ屋を出て、松が根荘へ走った。

すでに制服の警官もきて、純も空巣に入られた部屋で事情聴取していた。野次馬が集まっていたから、そのうちの子供を抱いた主婦に、山村はそれとなく訊いた。

「はい、その娘さんなら、うちの隣の部屋の人でね、木村夏子さん、先月引越しちゃいましたよ」

「引越し先はわかりませんか」

「さあねえ、手紙なんかくる人じゃありませんでしたしね。空巣だか痴漢だかに入られたとき、カッコ悪いからって、警察にも届けなかったくらいですからねえ」

「アイロンを盗まれたといってませんでしたか」

「あらっ、そうだわ！　そうだわ！　そういえば、あとでアイロンが見つからないからって、よくうちに借りにきましたわよ。アイロンだけ盗んで逃げた泥棒なんてねえ。それが、どうかしたんですか」

「その娘が働いていた喫茶店をご存じですか」

「ええと、なんていったかしら……そう、歌舞伎町の「梢」、確かそういってましたわ」

「どうもありがとう」

山村はただちに梢へ行き、当たってみると、木村夏子は先月辞めていたが、マスターから履歴書を見せてもらい、本籍地がわかり、彼女が愛知県出身であることを知った。

山村は署に電話連絡をとり、居合わせた野崎に愛知県警で調べてもらうように頼んだ。

野崎が愛知県警へ協力を依頼して、彼女が実家へ金の無心の手紙を出しているところから、現住所が判明した。

翌日、山村と純は多摩川堤に近い、木村夏子のアパートへ出向いた。

部屋には、彼女と若い男がいた。山村は若い男を純にまかし、夏子を堤まで誘い出した。

堤へ腰をおろし、川面を眺めながら、落《おと》しの山さんの本領が発揮された。

「彼氏、学生か？　そうなんだね。彼が卒業したら、結婚するのか」

「そんなこと、わかんないわ。それより、何が聞きたいのよ」

「松が根荘にいたころ、空巣に入られたろう」

「ああ、捕まった？」

「いや……アイロン、盗られたんだって？」

「そうなのよ。けど、ヘンな泥棒よね。アイロンとジーパンだけ盗って行くなんて……あとで気がついたんだけど、二本持ってたのに、どこ探しても一本しかないの。もしかしたら、ストライプのTシャツも、そいつの仕業かもね」

「おい……」

「あっ、何すんのよ！」

山村に腕を握られて、夏子はもがいて、

「冗談じゃないわ、私が人殺しをかばってるとでもいうの？」

「そうはいってない。だが、犯人が君の部屋へ忍びこみ、シャツとズボンを着替え、自分の服はアイロンを重しに川へ投げこんだことだけは確かだ」

「そんな、だって、犯人は男でしょう」

「男だ、君と同じ背恰好のな。ジーパンやTシャツに男女の区別あるのかね？　いいか、犯人が通りすがりに、君の部屋に忍びこんだとしようか。そこが女の部屋だと知ったら、どうする？　せいぜい金目のモノをかっさらって逃げるのがオチだ。だが、犯人は着替えた。その男は君の服を着られることを知っていた。話してくれ、前につき合っていた男に、心当りのある奴はいないのか！」

山村に畳《たた》みこまれて、夏子は顔面を蒼白に硬ばらせた。

「もしかしたら、ヨッちゃんかも……今の彼と会う前につき合ってたの。ヨッちゃんなら、私の服着られるわ」

「その男の本名は？」

「井沢義男《いざわよしお》……」

「仕事は？　どこに住んでいる？」

山村の訊ねることに、夏子はスルスルと答えた。

それをもとに捜査第一係一同の聞き込みは、的がしぼられ、井沢義男が城南地区の鉄工所工員であることや、行きつけは新宿要《かなめ》町通りにある大衆バー「ドラゴン」、そして、事件の翌日、工場で大きなミスを二度も犯していることなどがわかった。

また、井沢は気が小さくて、カッとなる質《たち》であり、酒の上の喧嘩も度々しているという情報を、バーのバーテンから聞き出した。あとは逮捕に踏み切る決め手であったが、それは、マカロニが握っていた犯人の一本の髪の毛だ。山村は鉄工所の昼休みを狙い、井沢を尾けた。井沢は同僚がキャッチボールをしている空地の隅で、タバコを喫い、その場に捨てた。山村はこの喫い殻を拾って、科学検査所へ回した。髪の毛の血液型と喫い殻の血液型がピタッと合致した。

「伸子、逮捕状の請求だ！」

「ハイッ！」

藤堂の野太い声に応じて、伸子が急いで部屋を出て行ったあと、

「山さん、ご苦労さん、あとは若い連中がやる、休んでくれ」

「いや、この始末だけは、私につけさせて下さい」

「そうか、山さん、七曲署での最後の仕事か……」

藤堂は、やがて伸子が持ってきた逮捕状を山村に渡した。

そのとき、井沢を尾行していた石塚から電話が入った。

「井沢が新宿へきました。恐らくドラゴンへ行くでしょう……」

「よしっ、山さん、ドラゴンだ」

藤堂がそういったときには、純と野崎が部屋を飛び出していた。

山村は島の運転する覆面車で急行した。


偶然というか、運命のいたずらとでもいったらよいか、ドラゴンのカウンターで井沢義男が飲んでいるところへ恐喝で七曲署に連行され、マカロニ殺害の容疑者になったことのある糸山譲がチンピラ二人を連れて、得意げに入ってきた。

「お……そこ、どけよ」

糸山は顎をしゃくったが、井沢は返事をしなかった。

「どけ！」

糸山がドスをきかせ、井沢を椅子から突き落した。

フロアに転がった井沢はゆっくり起き上がった。

「フン……」

糸山は鼻先で笑った。

「お客さん、乱暴しないで下さい」

「うるせえ！」

糸山が怒鳴ったとき、井沢はいきなりカウンターにあったアイス・ピックを引っ掴んだ。

井沢と糸山の目がぶつかった。

「て、てめえ、やるのか……」

糸山は一歩退ったが、井沢は一直線に体当りした。

女の悲鳴が裂かれた。客は総立ちになった。

騒ぎの気配が表に張り込んでいた石塚と純、野崎の耳に伝わり、三人は店内へ駆けこんだ。

ドラゴンの前に覆面車が止まり、山村と島が降り立った。

店内は一瞬、静けさに沈み、有線放送の歌声がしらじらしく流れていた。

わなわな震えて、立ち上がれずにいる糸山、二人のチンピラはカウンターにしがみついている。

山村が一歩、一歩、踏みしめるように進んで行ったフロアに、胸に深々と登山ナイフを突き立てられ、目も口もあけ、息絶えている井沢の虚《むな》しい姿があった。

山村はそれを確認して、糸山を見据えた。

「おまえか、おまえがやったんだな」

糸山は訊問されて、よろよろと立ち、カウンターに寄って、

「オレが悪いんじゃない、オレのせいじゃないんだ！　こ、こいつが悪いんだ。こいつが先に、ほら、そこにある氷割りでオレに向かってきたんだ。だから、オレ夢中で……こ、殺す気なんかなかったんだ、オレじゃない、オレが悪いんじゃない……」

泣き喚く糸山に、こらえていた山村の激怒が爆発した。

「貴様っ」

痛烈な一撃が、糸山をフロアへ吹き飛ばした。

石塚も野崎も島も、純も呆然と見守った。

「な、なにすんだ！」

「バカヤロオ！　貴様はいつもそうだ。好き勝手なことをやっておいて、いつでも、オレが悪いんじゃない、オレのせいじゃない、甘ったれるな若僧！　自分の跡始末ぐらい

自分でつけたらどうなんだっ」

山村の憤怒の形相《ぎょうそう》に糸山は悲鳴を上げ、泣き叫ぶばかりであった。

若い刑事たちはしばし、呆然として、なすすべを知らなかった。ガチッ！　と、山村が糸山に手錠をかける音を聞いて、彼らも職務の人間に立ち戻り、店内にざわめきがゆれはじめた。

数日後――。

「これで、マカロニも成仏《じょうぶつ》してくれるよ」

石塚は昼食に大好物の天丼をおいしそうに食べている。

「マカロニって人が、糸山と井沢を最後に会わせたみたいだなあ」

純は仲間意識と男の友情の固さを知ったと同時に、ふとそんな気がした。

「そうねえ、ドラマチックよ」

久美は茶を運んできて、純に同調した。

島も野崎も、マカロニを思い出して、

「あいつ、あの世で車をぶっ飛ばして、交通違反でひっかかり、頭をかいてるんじゃないか……」

と、笑い合っている。

仲子は胸のなかで、山さんが仇をとってくれたわと、マカロニに告げていた。

山村は屋上へ上がって、金網に手を当て、スモッグに染まりはじめた空を仰ぎ、林立するビルの谷間へ目を落した。

藤堂が、やってきて、無言でタバコをすすめた。二人の紫煙が屋上に流れた。

「署長に会ってきた。山さんの本庁行きの話……ご破算になったよ」

「どうも、お世話をかけました」

「いいさ、しかし、あんたも出世できない人だねえ」

「まったく……なにしろ上司《じょうし》が上司なもんで……私は幸せ者ですよ」

「うん？」

「署長や世間がなんていおうと、私には、わかってくれるボスがいる、仲間がいる……いや、こんなセンチなことをいうと、マカロニに笑われますかな」

山村が眼下の街へ視線を落せば、藤堂も同じように目を配った。

新宿は若者の街、髪をふり乱して、早見淳、マカロニが歯を食いしばり、走って行く……幻想《げんそう》であろうとも、彼は七曲署の猛者達の心の中に生きている。

海を撃て!!　ジーパン

早朝から射撃《しゃげき》練習場へ行き、実弾《じつだん》射撃練習をした帰途であった。

純はしきりに生アクビを吐いて、

「どうも早起きはつらいや、ねぼけて一発も当たりゃしない。しかし、ボスの腕は大したもんだな。一発必中なんだから……」

「デカの拳銃に狂いは許されない。この腕に狂いがきたときは、オレは拳銃を捨てる」

「凄い自信ですね」

「拳銃にも心があるんだぞ。おまえが拳銃を嫌っていれば、拳銃もおまえを嫌う。拳銃嫌いの親父さんが拳銃で殺られたから、拳銃を持ちたくない気持はわかる。だが、これだけは憶《おぼ》えておけ、ジーパン、オレたちはただのアクセサリーに拳銃をぶらさげてるわけじゃないんだ」

朝っぱらからお説教とは参ったなと純は心の中で思った。

「オレもおまえぐらいのころは、射撃が下手くそだった、よく教官に叱られたもんさ。なあにこんなものをぶっ放す事件は滅多にあるもんか、あったって、威嚇射撃の一発くらいだと考えていた。ところが、あるとき、犯人を追い込んだ。向こうは銃を撃ちまくってくる。撃ち返さなければ、こっちが撃ち殺される。オレはそいつの肩を狙って撃ったんだが、胸部を貫いて、射殺してしまった。そいつが殺人犯で、しかもこっちもまかり間違えば殺される立場だったから、誰にも批難はうけなかった。しかし、オレの腕が確かだったら、一人の人間の生命を奪わずにすんだ。オレが死にもの狂いで拳銃の練習をはじめたのは、その時からだよ」

と、ボスの藤堂はにがい思い出を語り、タバコを喫いつけた。

純は長い髪を掻《か》き、大きなアクビを洩らした。

二人が七曲署捜査第一係の部屋へ戻ると、伸子のもとへ中年の男が訪れていた。地味な背広、流行遅れなネクタイ、いかにも実直そうなタイプであった。

お茶を運んで行こうとしている久美に、誰？　と、純がたずねた。

「九州の女子高校の先生ですって……」

「なるほど……」

純がうなずく間にも、伸子が藤堂のデスクへその男を連れて行き、説明している。

「宮崎県の西南《せいなん》女子高校の金森《かなもり》先生です。修学旅行の引率者として、東京へいらしたんですが、生徒さんの一人が昨夜から宿に帰ってないそうです」

「ま、どうぞ」

藤堂は金森に椅子をすすめた。

「ありがとうございます。……こんなこと、警察にお願いに上がるようなことではないかもしれませんが、ただ、いまだになんの連絡もないものですから、私どもも心配になりましてね。生徒たちは今日、九州へ帰ることになっていますし」

金森は狼狽《ろうばい》気味であった。

伸子が一枚の写真を藤堂へ渡して、

「昨日は東京で最後の自由時間、生徒さんたちはそれぞれ都内見物に出掛けたんですって……この宮野《みやの》ゆかりさんだけがそれっきり帰ってこないそうです。学校ではミス西南というニックネームがついているくらいですって……おとなしい子で、教師に連絡もなく、外泊するような生徒ではないそうです」

伸子の説明に一つ、一つうなずきをみせて、金森は唇を噛み、

「それだけに心配でして、なにか事件が……」

「今のところ、宮野さんに該当するような事件は起こっておりません。しかし、ご心配でしょう。こちらも一応、調べてみましょう」

藤堂は伸子と純に旅館へ行き、調査するように命じた。

　伸子と純は金森先生に同道して、大木戸にある西南女子高校生の宿泊している旅館へ行き、昨日、宮野ゆかりと最後に別れた生徒、三人から事情聴取した。

　ピーチクパーチク囀《さえず》る年ごろ、伸子と純に恋人同士かとたずねたり、女子高生たちはまるで邪気がなかった。

「昨日、ゆかりと別れたのは銀座のMデパートじゃったね」

「疲れたけん、先に帰るというとったね」

「そう、銀座でいろんなもん見ても、まるで気が乗らんようだったねえ」

「そうそう、デパートからどこかに電話しとったよ、ゆかり……」

「わりと長電話じゃったが、相手が誰か、なんもいわんじゃった」

「ゆかり、おとなしくて、自分のことは誰にもいわんもんねえ」

「ゆかり、なんかあったの？」

　女子高校生たちが、伸子と純に視線を集めたとき、フロントから電話がかかっていると伝えてきた。

　純が電話口に出ると、藤堂からであった。

「宮野ゆかりくんが死体で発見された。死因は絞殺、それも片手で絞めたらしい。現場は多摩川堤、すぐ飛んでくれ！」

Y市内にあるサンエス自動車修理工場の修理工加納修《かのうおさむ》が、七曲署に任意出頭の形で連行されたのは、その日の夕刻だった。

今年成人式を迎えたばかりのこの青年は、体も大きく、一見して相当の膂力《りよりよく》はありそうだ。フランス人形のように首の細いか弱そうなゆかりなら、片手でゆうに絞め殺せるだろう。

加納が連行されたのは、ゆかりの死体から、彼の手紙が発見されたからである。

がっちりした体軀と手紙の二点から、加納の容疑は俄然濃くなった。

取調室には、藤堂をはじめ、デカ長の野崎、山村、島などが顔を揃えていた。加納とゆかりの間に、ゆかりに逢った、いや逢わないといった押し問答が、執拗《しつよう》に繰り返されていた。

「来なかったんだよ。彼女と手紙で約束したから待ってたけど、彼女は来なかったんだ！」

周囲から間断なく責められて、加納は多少自棄《やけ》気味に叫んだ。

「来てるんじゃないか、来てるからこそ、あんなところで殺されてたんだ」

すかさず反問したのは山村だ。

「オレは逢わなかったよ、約束した通り武蔵野公園で待っていたんだ。二時間すぎても三時間すぎても来なかった……」

「見えすいた嘘をつくなっ」

「あんた方はどうでもオレを殺人犯にしたいんだろう、したけりゃアすりゃアいい。どうせオレの人生なんて、高《たか》が知れてるんだ！」

加納の血の気を失った顔がゆがんだ。

「ゆかりくんは、昨日の二時に銀座のMデパートから電話をしている、相手は君だね」

相手の昂奮をさますような冷静な藤堂の口調だった。加納は敵意をみせながら、わずかにうなずいてみせた。

「どういう電話だった？」

と、野崎が代わって訊問した。

「自由時間は今日だけだから、どうしても、一度逢いたいっていってきたんだよ」

「君とゆかりくんとは、いわゆるペンフレンドだったんだな」

「ああ。今度逢うのが初めてだった……」

「じゃア、なぜすぐに逢いに行かなかったんだ。ペンフレンドのゆかりくんが上京して、手紙でも逢おうと約束しているくせに、なぜすぐに逢いに行かなかった？」

と、島が追及した。

「オレの手紙を見たんだろう、それならわかるはずだよ」

島と山村が顔を見合わせた。一瞬どういうことか、意味がとれなかった。

「オレは手紙にデタラメばかり書いたんだ。高校へ行ってるとか、いい家の息子とか……」

　刑事たちは口を閉じて、加納を見守った。

「中学出て修理工場で働いてるなんていったら、返事くれない、と思ったんだよ。一度デタラメ書いたら、それを押し通すより仕方がないじゃないか」

　加納の告白は苦しいうめきにも似ていた。そのことばに耳を澄していた藤堂だったが、

「クラスメートの話だと、彼女は君と逢うのを楽しみにしていたそうだ。彼女は君のデタラメを信じて死んで行ったんだ」

「ちがう！」

　加納がはげしく頭を横にふっていった。

「最後の電話の時、オレはゆかりさんに本当のことを話したんだ。それでもよかったら逢おうって、だから、オレは待っていた。でも彼女は来なかった……やっぱり修理工のオレなんかに逢いたくなかったんだ！」

「しかし、来ていたね、彼女は」

「知らなかったんだ、オレは知らなかった！」

　狂おしく拳《こぶし》で机をたたく加納を見据えて、山村がいった。

「手紙にデタラメを書き並べるだけあって、おまえは嘘がうまいな」

「嘘じゃないっ」

「おまえはゆかりくんに逢った、そして本当のことを話した。彼女は明らかにガッカリした顔をみせた、それを見ておまえはカーッとなって」

「よせ、よしてくれ！」

「彼女を殺したのは普通の人間じゃない、手のでかい奴じゃないと、あんな風に片手で絞め殺せやしない」

そういうと、山村は突然、加納の手首をつかみ、机へ押しつけた。それを藤堂が眼で制して、

「ゆかりくんと逢う場所は、君が指定したんだね」

加納が彼を睨みつけながら、少しおいてうなずいた。

「どうして、もっと都心で逢わなかった？」

「彼女の旅館とぼくの仕事場が離れているから、時間を節約するために途中で落ち合うことにしたんだ」

「約束の場所へは何時に着いた？」

「三時すぎです」

「ゆかりくんが殺されたのは、二時から五時までの間だ」

と、野崎が言った。

「君が着いた時、公園には誰かいたかね？」

藤堂の質問に、加納はちょっと考える風だったが、少し表情を動かすと、

「外国人が一人いました。ぼくと行きちがいに、車で出て行きました。背の高い四十くらい……」

「ほほう、オレがさっき手のでかい奴じゃないと絞め殺せない、と言ったので、早速、外国人をデッチ上げか。頭の回転も早いな」

山村が鋭く突っこんだ。

「なにっ、デッチ上げだって、オレは話を嘘で固めているっていいたいのか」

加納は血相を変えて立ち上がると、いきなり山村に飛びかかろうとした。しかし、その日のうちに、加納は帰宅を許された。

サンエス自動車修理工場の近くに、車が一台駐車している。昨夕から加納のアパート、そして彼の勤めている工場と、張り込みをつづけている島と純であった。

「間もなく昼だな」

島がガラス窓から、外の様子をのぞいて、

「ジーパン、あいつが犯人だと思うか」

雨でも晴れでも、頭にあるのは、ただホシのことだけだ。

「動機は充分あります。外国人を見た、という人間は今のところいないし、事件の日、

加納は二時二十分頃工場を出て、帰ってきたのは五時すぎです。殺す時間は充分にある」

「しかし犯人が自分の手紙をわざわざ現場に残しておくかね」

「殺してしまって頭が混乱したかも……発作的にやった奴ならなおさらでしょう」

「被害者の衣服に、体毛が数本付着していたというのは……鑑識では外国人のものらしい胸毛か腕毛だといっているが」

「まだハッキリ確認したわけじゃないでしょう、オレは、加納がゆかりさんを永久に自分のものにしておきたいと思って、殺ったんじゃないかとも思います」

「殺すことで自分のものにしよう……死んだ女を自分のものにしても、しようがないだろうに」

「殿下にはわからないでしょうね、そういう気持は」

「まア、そういうことにしておくか。おい、少し眠らしてくれ」

島はそういうとシートの背を倒して、顔に新聞紙をのせた。

島が眼をさましたのは、それから二時間ばかり経ってからである。純に起こされたのだ。無言で純が指さす方をみると、作業服を背広に着替えた加納が、急ぎ足で表通りの方へ歩き去ろうとしていた。どうやら彼は早退けして、どこかへ行くらしい。島と純は車を降りて尾《つ》けはじめた。

二十分ばかり歩くと、Y基地の近くに出た。東京と埼玉県の境にあるこの基地は、関東地区では相当規模の大きなもので、駐留する米軍の数も多く、そのため一時よりは大分減ったとはいえ、まだ周辺には、彼らが落してくれるドルで生活しているバーや性風俗店などのサービス業者がかなりあった。

意外にも加納修は、そうしたGI相手の飲食街のなかにある一軒のバーに入って行った。

昼下りの、まだ眠っているGI相手の店へ、加納は何をしに行ったのだろうか。

疑惑を深めながら、島と純がドアの外でなかの様子をうかがっていたとき、突然、女の短い悲鳴が裂かれた。

純が、つづいて島が、洞穴《ほらあな》のような暗がりのなかへ飛びこんだ。

「近寄るな、動くと、この女を撃つぞ……」

隅の暗がりから加納の引きつった声が走り、彼は眉のない平たい顔の女の頭に、拳銃の銃口を押しあてていた。

「加納！」

島が威嚇して、ジリッと動いたとき、女が叫んだ。

「だめよっ、本当に弾丸が入ってるのよ！」

女の絶叫で、島と純がひるみ、その場に釘づけになった。それをみると加納は、勝ち誇ったように、島に手錠を出せ、と要求し、島が渋っていると、さらに銃口を女の頭部に押しつけた。

「いう通りにして、殺されちゃうよ！」

女の悲鳴が島を動かした。彼は手錠を取り出した。

「そいつを自分の手にかけて、カウンターの横に通すんだ、そして相棒の手にもかけろ！」

もはや加納のいうとおりにする他ない、彼は純の手にも手錠をかけた。

それをみると、加納は女を引きずって裏口まで下がり、何事か大声で叫ぶと、女を突き飛ばして逃げた。空いている手で秘かに拳銃を取り出し、加納を狙っていた島も、その一瞬を捉えて狙撃《そげき》することはできなかった。

フロアにへたりこんだ女は、いきなり加納に包丁を突きつけられ、仕方なしに拳銃を渡したのだといった。

「どうして、拳銃なんか持っていたんだ？」

と、島がきいた。

「だって、うちのお客さんはＧＩばかりでしょ、時々呑み代が足りなくなると、拳銃をカタに置いて行くのよ。あいつはそのことを知っていたんだわよ」

女は恐ろしさのためか、子供のように泣きじゃくりながら、そう答えた。

「加納のやつ、なんで拳銃を奪おうとしたんだろうか」

署へ電話を入れたあとで、島がいった。

「やけっぱちになったんですかね、なにかやらかすかもしれない……」

と、純が言った。

「ひょっとすると、加納は本当に公園で外国人を見たのかもしれない。そして、犯人は外国人だと信じて、復讐《ふくしゅう》しようと思ったのかも……」

「しかし、どうやって、加納がその外国人を突きとめたんですか」

純にいわれると、島も黙るより他はなかった。

「ジーパン、いま、加納らしい男を見かけたと、市民から通報があった。すぐ現場へ行ってくれ、多摩川のそばのボート小屋だ。他の連中にも連絡してすぐ応援に行かせるから」

重たい足を引きずって署へ帰ってきたところ、藤堂にいわれ、純はすぐさま飛び出そうとした。

「おい、拳銃を忘れるな」

藤堂が釘をさした。拳銃、といわれると、純はどうしても抵抗を感じる。拳銃は父の死の暗い記憶につながるのだ。

「加納だったら、拳銃を持っているぞ」

「大丈夫です！」

藤堂の忠告をふり切るようにして、純は走り出て行った。

「ボス、私にも行かせて下さい」

純の後ろ姿を見送っていた藤堂のそばへ、伸子が駆けよった。

「ちゃんと拳銃を持ってます。それに、私も一人前の刑事ですから」

有無《うむ》をいわせぬ気迫に圧されたように、藤堂は無言でうなずいた。

小一時間後、指示された多摩川の堤に直行したパトカーから、飛び出したのは純と伸子だ。堤をかけ下りると、背丈ほどに伸びた葦原《あしはら》の向こうに、荒れ果てたボート小屋がポツンと立っていた。

伸子を残して、一人で小屋へ行こうとした純だったが、どうしても、彼女は聞きいれない。やむなく二手にわかれて、葦の中を進みはじめた。

途中で葦が切れ、二人のまわりには身を隠すなにものもなくなった。危ないな、と純が思ったとき、小屋の窓の隙間になにか黒いものの動く気配を認めた。

「伏せろ！」

夢中で叫び、伸子に向かって走った純だったが、鈍い銃声が起こり、ガクッと伸子が跪いた。つづいて一発、二発、銃弾が彼の耳元を掠《かす》めた。

「柴田くん、私にかまわないで、早くっ」

と、伸子が苦痛をこらえながら叫んだ。押さえた脇腹のあたりから、血がにじみ出ている。

「野郎!」

血走った目で小屋を睨みつけた純は、銃声が起ると同時に猛然と駆け出した。彼は一直線に小屋に向かって突っこみ、そのままドアに体当りした。

砂埃をあげ一回転して立ち上がった純の前に、加納がいた。隅の板壁にもたれるようにして座り、拳銃を握っていた。

「撃つなら撃ってみろ!」

仁王《におう》立ちになった純だったが、かっと目を見ひらいた加納は石のように動かなかった。額から一筋、血が流れていた。銃で撃ち抜かれ、すでに死んでいるのだった。

「畜生……」

全身の力を抜いたとき、野崎と石塚が駆けつけた。

「大丈夫か、伸子は病院へ収容したぞ!」

「そうですか、それはどうも……加納はごらんのとおり、自殺してました」

「自殺……?」

石塚が壁にもたれて死んでいる加納のそばへ寄って、じっと瞳を凝《こ》らした。

「ゴリさん、加納を自殺させたくなかった」

吐き出すように言ったのは、純だった。

「生かして捕まえたかった、そうだろう、ジーパン」

と、石塚がいった。

「いえ、ちがいます。オレの手で撃ち殺してやりたかった。こいつ、何もしない伸子さんを撃ったんだ、こいつが！」

死んでいる加納をはげしく罵る純を、石塚と野崎が、複雑な気持で見詰めていた。


付近の救急病院へ収容された伸子の傷は、幸い急所をはずれていた。もし彼女の一命にかかわるような事態にでもなったら、と、心を締めつけられる思いで、病院へ急行した純だったが、やっと救われた思いがした。

医師の所見をきき、ホッとした気持で再び現場の小屋へとって返すと、もうそこには藤堂の顔も見え、鑑識課員たちが忙しく動き回っていた。

「ジーパン、おまえが飛びこんだとき、加納はどこに倒れていたんだ」

純の姿をみとめて、野崎がそばへ寄ってきた。

「そこの隅です、板壁へもたれかかって死んでました」

「しかし、拳銃を撃ったのは、入口のドアのそばだ。この窓から拳銃を撃って、最後の一発を自分の額にぶちこんで、わざわざこんな隅へやってきた、少し変じゃないか」

「自殺する寸前ですからね、そこまで歩いて額に拳銃を当てたのかも……」

「おまえは確か、六発の銃声がつづけざまにした、といったな」

野崎がさらに顔を寄せてきた。

「よく考えろ、最後の一発だけ、撃つのに間があったのか？」

「いいえ、ありません」

それだけは確実にいえる、と、純は思った。

「加納はこの窓から撃っていたんだ、そして、最後の一発で自殺した。それがどうしてわざわざあの壁までもたれに行くんだ？　いいか、最後の銃声がしてからお前がここに飛びこむまでは、ほんの二、三秒だ。よろめいて、あそこまで行って崩れるように倒れたとすれば、おまえがとびこんだ時、加納はまだ息があったはずだ」

「いいえ、確かに死んでいました」

「不思議だと思わないか」

純はハッとした。野崎のいうとおり、加納の死には不自然なところがある。

野崎はそれを鋭く突いてきたのだ。

「おまえたちを撃ってきたのは、加納じゃない」

「えっ、それじゃア……」

「加納修はその時すでに死んでいたか、殴られて昏倒していたんだ。つまりもう一人の人間が、おまえたちを撃ち、最後に加納の額に一発ぶちこんで、そこの、反対側の戸口から飛び出したんだ！」

野崎の推理は決して強引な断定ではなかった。なぜそのように緻密《ちみつ》な思考ができなかったのか、純は冷静さを失っていた自分が無性に恥ずかしかった。

「ボス、この靴跡はジーパンのもの、これは私、これは長さん、それが死んだ加納のもの」

張り切っている石塚の声が、突然純の耳に入った。

「すると、どうしても一つ余るな」

床を睨んでつぶやいたのは藤堂だ。そのとき、島が小屋へ飛びこんできた。

「ボス、加納の部屋を調べたところ、机の上に週刊誌がありました。丁度グラビアのページが開きっ放しになっていて、一人の外国人が写っているんです。そいつの顔がナイフで斜めに切り裂かれていたンですが……」

「週刊誌のグラビアに、か」

「名前はジョン・ケラーマン、身長一メートル九〇の堂々たる体格です。日本に大量の買付けに来た、と騒がれている大チェーン・ストアのバイヤーですよ。外事課で調べたところ、ちょいちょい女のことで問題を起こしています。香港、台湾、朝鮮、と……質《たち》の悪い男ですね」

島は一息にしゃべった。

「人気《ひとけ》のない公園で美人高校生の宮野ゆかりをみたら、いい寄るくらいのことは平気でやる男ですよ、こいつは……」

腕組みをして何か考えている藤堂の顔色をうかがいながら、

「押さえますか、ボス……」

と、島がたずねた。

「グラビアにのっていた、加納がそれを持っていた、というだけでは、どうにもならん」

小屋の低い天井を仰いで、藤堂がいった。

「もし、そのケラーマンという男が拳銃を撃っていれば、硝煙反応があるはずですが、なんとかして彼の拳銃を……」

「うーむ、それもむずかしいだろうな」

と、藤堂は川に面した窓際に立って、夕陽を反射している水面へ瞳を細くしぼっていたが、ジーパンに命じた。

「すぐに聞き込みをやるんだ、この辺で外国人を見た者はいないかと、いいな」

「ボス！　ケラーマンらしい男を見たという目撃者がいました！」

夜遅く署に駆けこんできた純に、待機していた捜査第一係の刑事たちは俄かに色めきたった。

久美のさし出した水をたてつづけに二杯ガブ飲みしてから、純はつづけた。

「シンコが撃たれた日、あのボート小屋のもっと上流で魚釣りをしていた子供が見たというんです、葦の蔭からいきなりズブ濡れの大きな外国人が現われて……」

「やっぱりそうだったか！」

刑事たちは、口々に叫んだ。

「子供がびっくりして居すくんでいると、頭からしずくをたらしたその外国人に、いきなり殴りつけられ、ぶっ倒れたそうです」

「ひどいことをするっ」

「で、ケラーマンの写真を見せたのか」

と、いったのは藤堂である。

「見せましたけど、よくわからないといっていました」

純はさらにつづけて、

「顔はわからないけど、その外国人が乗っていた車はハッキリとおぼえている、といってました。シルバーグレイのベンツです」

「ボス、ベンツならケラーマンの車ですよ」

と、石塚がいった。

「あの小屋から川へ飛びこみ、河原に置いてあった車で逃げやがったんだな」

山村の怒りをこめたつぶやきに、周囲の者がうなずいたが、藤堂は相変らず慎重な態度で、感情にまかせた発言を避けているようであった。

翌日、藤堂は芝のグロリヤホテルに泊まっているケラーマンに会い、さらに彼と商取引きを結んだ大手の貿易商社オーシャン商事の営業担当幹部にも会った。

ケラーマン自身はもちろん、宮野ゆかりについては一切知らないといい張り、オーシャン商事の部課長も、当日は貿易センターでケラーマンと商談を行なっていた、と証言した。つまり彼には有力なアリバイがあったわけだ。

日本橋のオーシャン商事本社を訪ねたあと、署へ帰る途中で、野崎が藤堂に報告した。

「ボス、あのアリバイは絶対に臭いですよ。なぜなら、オーシャン商事とケラーマンの間には大量の買付契約が結ばれているんです。それも、この一日二日の間にバタバタと契約が成立している、かなりオーシャン側に有利な条件でね」

彼は独特の嗅覚で、搦手《からめて》から犯罪の匂いをかぎ出そうとしていた。

「アリバイを作ってやるかわりに、物を買わせたっていうわけか」

と、侮蔑《ぶべつ》をこめた調子の石塚だ。

「どうしても許せない！」

突然、叫んだのは純だった。

「だって、あのケラーマンは人殺しなんだ。なんの罪もない日本の女子高校生を殺したんですよ。それをどうして同じ日本人がかばわなけりゃアならないんだっ」

「しかも、ケラーマンは、いや犯人は、と訂正しておこう」

と、石塚が憤りに目を光らせて、

「犯人は、加納に犯行を嗅ぎつけられ、もはや逃げられまいと思い、狡猾《こうかつ》な手段で彼をボート小屋へ誘い出し、撃ち殺してしまった。犯人にとって、他国人は虫けらにも値しない存在なんだ」

さらに石塚が何かいおうとしたとき、急にくだけた調子で山村がいった。

「ところで、ゴリさん、会議に出席していた部課長の中で、一番気の弱そうなのは誰だい？」

「え……？」

一瞬、石塚は戸惑《とまど》った表情をみせたが、

「そうですね、野田という課長ですがね、取調中、終始《しゅうし》おどおどして落ち着きがなかったなア」

と、男の態度を想像するように空を仰ぎながらいった。

山村と島が世田谷にある野田の家を訪ねたのはその翌朝である。日曜日に、寝込みを襲われた形で、野田は何も質問しない先から、もう眼を据え、痩せた頰を引きつらせていた。

「警察が、私になんの用ですか」

「あなたを犯人隠匿《いんとく》罪で逮捕します」

島のことばに、野田はたちまち打ちのめされたようにおののいた。

「逮捕、な、なんで私が！」

「ジョン・ケラーマンを会議に出席したことにして、アリバイを作ったのは、あなたの発案らしいですね」

すかさず山村が突っこんだ。野田は半《なか》ば口を開けたまま、茫然と立ちつくしている。

「あなたのところの沢本営業部長がすべて自白したんですよ」

「ジョン・ケラーマンは殺人犯です。それを知りながらアリバイを作ったとなると、あなたの罪は重い、それをご存じですか」

おびえきった野田を、島がきびしく責めつけた。

「とにかくご同行願います」

彼がうながしたとき、突然、野田が叫んだ。

「私じゃない、私が発案したなんて嘘だ。私は何も知らない！　ケラーマンが人殺しだなんて知らなかったんだ！」

「沢本部長はそうは言っていなかった」

「うそだ！　ケラーマンを会議に出席したことにしよう、と言い出したのは、沢本部長だ。会社のためだといったんだ、ケラーマンとの契約が結べなければ会社はつぶれるっていったんだ。言い出したのは沢本部長です、部長がみんなを説き伏せたんだ。私は何も知らない、本当だ、信じて下さい！」

島が山村をふり返った。山村はうなずいて玄関を出た。署へ連絡するためである。

グロリヤホテル前で待機中の覆面車に、山村からの連絡が入った直後、シルバーグレイのベンツが、かなりのスピードでホテルから滑《すべ》り出た。

「逃げますよ、ケラーマンが！」

覆面車に乗りこんでいた純が、野崎に声をかけた。

「よし、追え、逃がすなっ」

石塚の運転する車は、ベンツのあとをひたすらに追った。

「やっぱりゴリさんのいうとおり、野田が口を割ったらしい」

と、野崎がいった。

「人の命令に簡単に従う奴ほど、裏切るのも早いってボスがいってましたよ」

前方を駆けるベンツに、ひた、と眼を据えながら石塚がいった。

ベンツは京浜国道へ抜け、一層スピードをあげた。

ベンツの行先は果してどこか、横浜か、それとも東名をいっきに走り抜けて、神戸へ行くのか。純は拳を固く握りしめ、秘かに祈った。ケラーマンだけはどうしても、このオレに逮捕させて下さい、どうしても！

ベンツは横浜の町をつっ走って、倉庫の立ち並ぶ殺風景な埠頭へ滑りこんだ。

野崎と石塚と純がベンツの脇に車をストップさせたときは時すでに遅く、ケラーマンは一条の航跡《こうせき》を残し、モーターボートで沖合をめざしていた。

「ボートはないか、モーターボートは！」

野崎が岸壁を駆けながら絶望的に叫んだ。

「沖に碇泊中の外国船に乗りこまれたら、面倒なことになるぞ。奴は時間を稼いで逃げてしまう！」

歯ぎしりして海を睨んだ石塚の脇へ駆けよったのは純である。

「ゴリさん、オレに拳銃を貸して下さい！」

いいざま、石塚の手から拳銃をもぎとるようにして純は、突堤に向かって、飛ぶように走った。

「危ないっ、ジーパン、海に落ちるぞ……」

野崎と石塚が叫んだが、純はその長いストライドを精一杯にのばして夢中で駆けた。

突堤の先端ギリギリまで駆けつけた純は、まさに港の浮標《ふひょう》を横目に見ながら、沖へ出て行こうとしているモーターボート目がけ、両手で支えた拳銃をつづけざまに発射した。最後の一発を撃ったとき、モーターボートは突然、白煙をあげ、白い舳《へさき》をグラリとめぐらして、そのまま止まってしまった。操縦席で両手をふりあげ、なにやら大声で喚いている外国人の姿が見えた。

ケラーマンだった。

「やった！」

弾丸を撃ち尽した拳銃の銃把《じゅうは》へ、そっと掌をあてた純は、その瞬間、薄倖の宮野ゆかりと加納修の幻を宙に見たのである。

ケラーマンは間もなく水上警察の艇に乗りこんだ野崎と石塚の手で逮捕され、一切の犯行を自白した。

純は目下、花束を持って、毎日のように病院に伸子を見舞っている。

燃える男たち

警視総監直々《じきじき》の電話を受け、藤堂は本庁へ出頭した。

薄暗いが、落ち着いた重厚《じゅうこう》さに沈む総監室で彼のくるのを待ち兼ねていた総監は、藤堂がデスクの前に立つなり、鋭く見据えて、

「今朝の事件は知っているな、藤堂くん」

「結婚式場から花嫁が誘拐《ゆうかい》された事件なら、知っております」

と藤堂が答えると、総監の手から数枚の写真が放られて、デスクにばさっと音を立てた。

豪華なウエディングドレスの花嫁と女性美容師の二人が、若い男二人に拳銃を突きつけられ、ホテル・ロビイや玄関前から拉致《らち》されて行く写真が、鮮明に撮られている。二人の女性、ことに花嫁は泣き叫んでいるらしく、悲痛な表情だ。居合わせたカメラマンが咄嗟《とっさ》にシャッターを切ったものである。

誘拐された花嫁は綜合中央信用金庫総裁の次女、滝川由利子《たきがわゆりこ》であり、美容師は控室にいた滝川家かかりつけの美容院の池野弘子《いけのひろこ》であった。

総監はきびしい表情をみせて、

「この重大事件解決のために、君に極秘捜査を命ずる。捜査本部は直ちに本庁に設置されたが、君はそれとはまったく別に捜査をし、人質を救出しなければならない。ただし、この命令が君に与《あた》えられたことは極秘だ。たとえ成功しても、失敗しても、君の行動のすべては、君自身の独断によるもの、いわば暴走的行為として公表される。つまり、私、もしくは本庁は、君の行動に対して、一切責任を負わない」

総監室に重苦しい空気が漂《ただよ》い、二人の間に沈黙のときが数秒流れて、再び総監が口を開いた。

「特別措置として、選《え》りすぐりの捜査員及びライフル隊員を何人か、君の指揮下に置くことは考えている。無論、これも極秘ということになるが……藤堂くん、わかったな」

「わかりました。しかし、応援部隊の必要はありません。私の部下だけで結構です」

藤堂の答えに意外という顔をした総監だが、小さくうなずいて、

「いいだろう、捜査方法は君の自由だ」

と、結んだ。

花嫁誘拐の写真が藤堂のデスクの上に、バラバラに置かれている。

「犯人二人は、その通りハッキリ顔もわかっているが、今のところ前科その他、身元はまったくわかってない。犯人たちはホテルから車で逃走したが、その行方についても不明だ」

「ちょっと待って下さい、ボス。その極秘捜査の件ですが、本庁が全然責任を持たないってのは……どういうことですか」

石塚が質問した。

「文字通りだ」

藤堂は無表情に答えた。

「じゃ、オレたち、特攻隊ですか」

純は口をとがらせた。

「しかも、命令者は責任を持たない。ずいぶん身勝手な命令もあるもんだなあ」

島はズバリ不平を洩《も》らした。

「その通りだ。しかし、オレは命じられた通りやるつもりだ」

「ボス、勿論、いやだって言ってるんじゃないんです」

島が言い訳すると、石塚がいった。

「そりゃ、やりますよ。奴らをぶちこむためなら、なんだって！」

「今すぐにでも助けて上げたいわ、私だって」

仲子は女らしく情がからんだ。

「ただし、極秘捜査といっても、捜査本部長の北見警視《きたみけいし》だけは、このことを知っているから、随時《ずいじ》必要な情報は提供してくれるはずだ」

「北見警視が本部長ですか。点取虫《てんとりむし》という噂をよく聞きますが、ほんとに協力してくれますか」

野崎は信じられないというように首を横に振った。

石塚が再び質問を出した。

「それで、奴らの要求って、一体、なんですか」

「期限は明日の正午、要求は二つ、一つは金だ。米ドルで五百万ドル」

「へっ、十五億円か」

純が唸った。

「受取方法は、また連絡するといったそうだ。もう一つ、すでに捕まっている仲間の釈放だ」

「ええっ、釈放要求……」

野崎が口にして、一同、ぎくっとなった。

山村は顋に手をあてがって、

「そいつはしんどいな。日本じゃそれだけは例がないし……で、ボス、その仲間とは？」

「丸山清彦《まるやまきよひこ》と土居信一郎《どいしんいちろう》だ」

「なんだって……オレたちが一月前に捕えたあの……デパート爆破犯人」

純が目を丸く張った。

「あの二人に仲間がいたんですか。過激派ともまったくつながりのない、欲求不満型犯人というのが、われわれの結論だったけど……」

島がそういったとき、ドアがあいて、

「その二人の資料を、こちらにもらおうか」

と、冷然とした態度の男が入ってきた。捜査本部長の北見警視であった。

「藤堂くん、極秘捜査の指令を受けたそうだが、捜査本部長としてハッキリいっておく。そんなことは私には関係のないことだ」

北見警視の目が、意地悪く藤堂に向けられている。

「関係がないって？　われわれの捜査なんかに協力しても、手柄にはならないってことですか」

「ジーパン、止《よ》せ！」

藤堂は純を制止したが、北見警視は薄く笑って、

「構わんよ、藤堂くん、その長髪のいう通りだ。私は点取虫といわれるのを少しも恥とは思わんね。公僕だとか、命を的にかけるヒーローだとか、世間は勝手なことをいうが、私にいわせれば、月給をいただいて食っている以上、刑事もサラリーマンの一種にすぎん。ちがうかね？」

七曲署捜査第一係の全員を眺め渡して、

「君たちが妙な幻想《げんそう》を抱いて、無駄な努力をするのは勝手だが、そんなものにつき合ってる暇は私にはない、わかったな。わかったら、爆破犯人二人の資料をすぐ出してくれ。もっとも、二人いた仲間をまるで追及していないんだから、大して役に立つ資料とも思えんがね」

「だったら、少し待って下さい。コピーをとりますから……」

野崎は堪《たま》りかねて、口を挟んだ。

「今すぐだっ。これは命令だ」

北見警視が語気を強めた。

山村は野崎の肩を叩いてから、北見警視に目を注ぎ、

「わかりました、心配ご無用。あの二人のことなら、この中にコピーしてありますよ。どうぞ」

と、自分の頭を叩き、件《くだん》の書類を出してきて、北見に渡した。

北見は一応点検して、足音荒く去った。

「苦しい闘いになりそうですなあ」

野崎は長嘆息した。

「苦しい闘いはいつものことだ。ぼやいている暇はないぞ。山さん、殿下と一緒に爆破犯人を洗い直してくれ。ゴリは過激派の線。ジーパンと伸子は、被害者の二人の女性の交友関係だ。それから、長さん、ご苦労だが、本庁の情報キャッチ係をやってもらう」

藤堂が分担を指令して、七曲署捜査第一係猛者《もさ》たちの聞き込み捜査がスタートを切った。


山村と島は、まず拘置所《こうちしょ》に入っている丸山と土居と面接して、当たってみたが、仲間から釈放要求が出ていることを知らなかった。裏返して考えてみれば、彼らに仲間などなく、花嫁誘拐犯人たちはカムフラージュに彼らの事件を利用しただけのことであるらしい。

その夕方、新宿でも会社事務所が多いビル街の空地で、誘拐犯人が乗り捨てた車が発見された。警官が見張っているうちにも、本庁捜査本部長の北見警視が配下の刑事二名と現場へ駆けつけた。

北見警視は手帳のメモとナンバープレートを照合《しょうごう》して、

「確かに犯人の使った盗難車だ。手は触れてないだろうな……なんだ、あれは？」

と、車の後部シートへ目を遣ると、刑事がハンカチーフでドアのノブをつかみ、開いた。

そのとき、反対側に立っていた北見は、ドアの下から座席にのびている細い電線を目にとらえて、

「伏せろッ」

と、叫んで横倒しに芝生《しばふ》へ突っ伏したが、誘導爆発が轟然《ごうぜん》と裂け、刑事二人は爆風に飛ばされた。

救急車が呼ばれ、怪我した二人を病院へ運んで行くころ、一台の覆面車がやってきて、藤堂が降りてきた。

「ふん、さすがに早いな」

「負傷者の傷は？」

「命に別条ないが、かなりの怪我だ。ま、君が心配してくれなくても、犯人は必ず私が挙《あ》げる。おい、現場には本部員以外、誰も入れるな！」

北見警視は警戒する警官に下命して、本庁へ帰って行く。

藤堂は検証現場をロープの外から観察して、覆面車へ戻り、無線で学生街で聞き込みをしている石塚へ連絡をとった。

「爆発物は破片から見て、丸山、土居の使った鉄パイプ爆弾とはちがう、カン爆弾だ。仕掛け方は凶悪だが、威力は小さい」

「了解、聞き込みをつづけます」

石塚との連絡がすんだかと思うと、山村からの無線連絡が入った。

「ボス、有力なタレコミがありました。バー街のど真ン中の地下駐車場に、それらしい二人が住みこんでいると言うんです。当たってみます」

「了解、気をつけてくれ」

藤堂の覆面車も七曲署へ引き揚げた。

夜の新宿、ネオンの彩光《さいこう》が入り乱れるバーのビル街、バー「ピーター」のネオン灯の前に徐行してきた覆面車は、島が運転し、山村が乗っていた。

「入りますか？」

スローで地下駐車場へ入って行く島は、思わず腋《わき》の下の拳銃を確かめた。

「銃は使うな。ホシなら十中八九、人質も一緒だ」

「はい……」

車は螺旋《らせん》スロープを下り、地下駐車場へ、通過を知らせる報知器が赤ランプとともに、ビイッと鳴った。

管理事務所の手前までくると、「暫くお待ち下さい」と立看板が通路を塞《ふさ》いでいる。

事務所奥の管理人室のドアから、明かりが洩れている。クラクションを鳴らした。奥の明かりが消え、制服の若い男が現われて、チケットを島に渡して、「どうぞ……」と、無雑作にいった。

島は駐車場へ乗り入れたが、プールする場所がないほどに満車だ。

島は声を低めて、

「山さん、確かに写真のAに似ているけど、犯人にしちゃ、いやに落ち着いてますね」

「いや、間違いなくホシだ。人質もあの中にいる。何もないのに、ドアをあける前にその部屋の明かりを消す奴がいるか」

「そうか、それじゃあそこに……」

「見るんじゃないっ。あの黄色い車のなかに見張りの男が乗っている。恐らくBだろう……」

山村は島に注意した。

左コーナーにプールしてある黄色い乗用車に、眠ったふりでじっとうかがっている男、それはBだ。警察側は正体不明の犯人をA、Bと区別している。

覆面車は右コーナーにやっとプール場所を見つけ、駐車すると、二人は降り、さりげない足取りで階段口へ歩いて行ったが、壁際《かべぎわ》の「Co消火器」がふと島の目についた。

その深夜、警視庁の捜査本部の一室で、仮眠中の刑事が二人、デスクで頑張っている刑事が一人、七曲署の野崎はその片隅で手持ち無沙汰をかこっていた。

北見本部長がにが虫を嚙み潰《つぶ》したような顔で入ってきた。

「指紋の方で何か……」

「いかん、いかん。前科者のカードではただの一つも該当する者がない。これだけ顔がわかっていながら、なんともならんとは、どういうことだ、一体……」

北見は野崎に気づいたが、野崎はニッコリ会釈した。

「そんなとこで、何をしてる？」

「いえ、例の爆破犯人のことで、なにかご質問があったらと思いまして、ずっとここで……」

「そうか、あんたが情報係というわけか」

「はっ？」

野崎がわざと首をかしげたとき、ポケットベルが鳴った。

「すいません。署に連絡する時間でして、ちょっとお電話を……」

野崎は電話を借りて、七曲署捜査第一係へ連絡をとった。

「あっ、長さんか。黙って聞いてくれ。犯人たちの所在が意外に早くわかった。歌舞伎町の区役所前まできてくれ。伸子を除いて、全員集合だ！」

「は、はあはっ、わかりました。それじゃ、今夜はこれで、こちらを引き揚げます」

野崎は緊張《きんちょう》と興奮《こうふん》を懸命《けんめい》に抑えて、

「どうもお邪魔しました。失礼します」

と、ほうほうの体《てい》で部屋を飛び出した。

「何か……あったな」

北見は感付いたらしい。


夜明けが近い。それぞれの覆面車からボスの覆面車へ集まり、狭い車内に顔を揃えた。

藤堂は地下駐車場の見取図を示して、

「ここが、問題の管理人室だ。この状況で人質を救出するのはほとんど不可能だが、一つだけ、こいつを使う手がある」

と、「Co消火器」を指さした。

「Co消火器？　近ごろ流行の一酸化炭素ガスの消火器ですな」

野崎がいうと、島が説明した。

「警報ベルが鳴ったらすぐ飛び出さないと、火は消える代わりに、人間が危ないって代物《しろもの》です」

「それは、危険だろう。確かに連中は慌てて飛び出すだろうし、そこにつけ込む隙が……」

「長さん、慌てるのはベルが鳴ったからで、ガスが出たからじゃないぜ」

と、山村がいったので、そうかと野崎が頭を掻き、一同は笑った。

「ぼくと山さんがこれから入って、ガスが出ないように、消火器のコックをひねっておくのです。それからベルを鳴らせばいいでしょう」

島の段取りを聞いて、誰もがうなずいた。

「一発勝負だが、やるなら今しかない。ただし、人質に銃口が向けられている限り、絶対に手を出してはいかん。いいな」

藤堂はきびしく命じた。

山村は拳銃を抜き出して、

「こいつは置いて行きますよ。持っていれば、撃ち合いになる」

と、藤堂へ渡せば、島もオレもと、純の手に拳銃を渡した。二人はそっと車外へ出て、地下駐車場のあるビルの中へ消えた。

「島さん、こいつ持ってなくて、大丈夫かなあ」

純が独り言を落し、野崎と自分たちの車へ戻ろうとしたとき、左右から走ってきた警察車二台と機動隊を乗せたトラックが、藤堂たちの覆面車を挟むようにして停まった。

北見捜査本部長が道路に降り立ち、バラバラと機動隊員がビルを包囲すべく、配置につく。

北見は藤堂の車の側面に寄って、

「なかなかやるじゃないか、藤堂くん。折角だが、無線を傍受《ぼうじゅ》させてもらったよ」

「北見さん……」

「あとは、われわれが引き受ける。君らの手には負えんよ」

北見は藤堂が車から降りようとするのを阻止《そし》して、ドアを押さえている。

「きたないぞ！　それが本庁のやり方かっ」

ジーパンが北見につかみかかりそうになって、石塚と野崎が必死に抱き止めた。

「なんだ、貴様の態度は！」

北見が怒ったとき、藤堂は車外に立った。

「われわれの作戦はすでに始まっているんだ。北見さん、あんた方がまともに突っこんだら、この作戦は失敗する」

「誰が突っこむといった！　完全包囲して、オレは中に入り、説得する。それが最善の方法なんだ」

「しかし……」

「うるさい、どけっ」

北見は藤堂を突き飛ばし、脱兎のごとく自分の車へ飛び乗り、フルスピードで地下駐車場へ向け、スタートさせた。警察車がつづき、機動隊員が包囲を縮めはじめた。

「ボス！」

「追うんだっ」

石塚と藤堂は覆面車へ、野崎も自分の車に、純も他の車に乗り、地下駐車場へダッシュする。

山村と階段を降りた島が、タバコを消火器のそばへ落して、拾うふりでコックをひねろうとしたとき、猛然と警察車が走りこんできた。

「ポリ公だ！」

黄色い車の見張り役のBが叫び、拳銃を抜きざま、一発、警察車へ向けて撃った。

藤堂たちの車は警察車にさえぎられ、立往生している。

管理人室から、花嫁衣装の滝川由利子と美容師の池野弘子がガムテープで両手を縛《しば》られ、Aに拳銃を突きつけられて、ドアのところに立たされた。

「きたか……きてみろ、この女たちの命はないぞ！」

Aは警察車に向かって乱射した。

「待てっ。われわれは話し合いにきた。撃ち合うつもりはない！」

車の蔭から、拳銃を抜きながら、北見が大きく声を張った。

山村たちが壁伝いに覆面車へ近づこうとしたが、島の上着がひるがえり、腰の手錠が光った。

「くそっ、あいつらもデカか！」

Bはいうなり、島を狙い撃った。島の体が跳ね飛んだ。

「殿下！」

山村が走り寄った。

「島さん！」

純が飛び降りようとすると、Bの拳銃が火を吐き、危うく避けた。

「ゴリ、突っ込め！」

藤堂が叫び、石塚はアクセルを踏みつけた。藤堂の車は警察車を跳ねのけ島のもとへ、石塚が拳銃でBを牽制《けんせい》、藤堂は車から飛び降りた。山村が島の半身を抱き起こしていたが、腹部は血にまみれ、意識はなかった。

一方、強行突破で人質を救出しようとした北見は、犯人たちの銃口が花嫁たちへ突きつけられている限り、どうにもならない。結局、犯人たちが命ずるままに、機動隊は包囲を解き、人質を乗せた黄色い車は地下駐車場から脱出し去った。

「藤堂くん。わかってるだろうが、この事態の責任はすべて君にある。君は独断で勝手に行動し、ために部下に重傷を負わせた。君が事前にわれわれに連絡さえ取っていたら、絶対にこんなことにはならなかったんだからな」

北見捜査本部長は冷ややかにいった。

た。

「貴様っ！」

純が北見に殴りかかろうとして、藤堂に顎を打たれ、覆面車のボディへ叩きつけられた。

「ジーパン、オレの作戦が失敗したのは事実だ。殴るなら、オレを殴れ」

藤堂は自分の車の方へ歩き出していた。

早朝、島は警察病院で意識不明のまま、手術を受けたが、生死のほどはつけ難かった。

その日の夕刊の社会面に、「人質救出作戦失敗！　刑事一人重傷」「抜けがけ捜査か七曲署捜査第一係」「犯人二人　職場の履歴書は嘘ばかり　依然正体不明」「人命無視七曲署に非難集中」と報ぜられ、第一面にデカデカと扱っている新聞もあった。

抜け駆けの功名を焦《あせ》ったと記事に書かれて、一言の弁明もしないでは、生死の境をさ迷う島さんが気の毒だと、純は藤堂に食ってかかった。山村はオレが拳銃を置いて行ったのが、島に大怪我させた原因だと悔《く》やんだ。しかし、藤堂はすべてを自分の肚《はら》におさめ、配下にもなにもいわなかった。

久美が夕刊の見出しをみて、溜息をついている。

石塚が憤りの持って行きどころがなく、メモ用紙に意味なく○や×を書いているし、野崎は矢鱈《やたら》とタバコをふかしている。

「まったくユウウツだ。人命無視とまで書かれたんじゃ、伜や娘にまで白い目でみられる」

「でもそうじゃないことは長さんよく知ってるはずだ」

「知ってたって、ボスが黙っているものを、こっちがペラペラしゃべるわけにいかんだろう」

「でも、オレは信じてますよ。いつか、きっとボスが汚名をそそいでくれるってね。オレたちのつらい思いを放っとく、ボスじゃない」

そのとき、北見捜査本部長が薄い笑いを浮かべて入ってきて、

「それはどうかな。二人とも、そうこわい顔するなよ。君らのボスがサラリーマンとして、実に度し難い男であることは確かだが、ま、喧嘩はよそうじゃないか。事件は終ったんだから……」

「終った？　それはどういうことですか」

石塚と野崎が椅子から立った。

「どうもこうもない。滝川さんの娘さんが、もう一人の女性とともに無事に戻ってきたことさ」

「よかった、救出されたんですね」

久美が思わず目を輝やかせていた。

「ちがう、犯人が帰したんだ」

「なぜです？　拘置所の二人はまだ釈放されてないはずですが……」

「つまり、犯人側も妥協したってことだな。滝川さんが今朝までに都合した現金二億円を、犯人の指定した通りに払ったからだよ。犯人はまだ逮捕されてないが、いずれ時間の問題だ。これで、君たちも大した責任問題にならずにすむし、お役目から解放される。めでたしめでたしだ」

北見は愉快そうに笑ったが、その笑声を消した。藤堂と山村が部屋に入ってきたからだ。

藤堂は自分の席についていて、

「ゴリ、長さん、何か聞き込みは？」

「ご報告するほどのことはなにも、それに、今、本部長のお話では、事件は……」

「長さん、刑事にとって捜査が終るのは、犯人が逮捕されたとき、ちがうか？」

「はっ、わかりました。聞き込みをつづけます。ゴリさん」

野崎は、なにか言いたげな石塚を押しまくるようにして、出て行った。

「強情だな、君も。さすがの藤堂チームも解散てことにならないように、精々《せいぜい》頑張るんだな」

北見は苦笑しながら去った。

山村が藤堂のデスクの方へ立ってきた。

「山さん、何か、おかしいと思わないか」

「おかしなことだらけです。あの連中が二億円で手を打った、あれだけのことをやりながら、アジトの選び方も安易、おかしいですな」

「それに、どうみても関係のない爆破犯に対する釈放要求だ」

「あの二人は捕まったとき、世界中をぶっ飛ばしたいとずいぶん吹きましたからね。あるいは、そのセリフが気に入ったのかもしれません」

「総合してみると、彼らは過激派でもプロの犯罪者でもないことになるな」

「そうです。私に読めるのはそこまでですが」

山村は腕を組み、くすんだ天井を仰いだ。

「病院のジーパンから連絡がないが、殿下は？　伸子も連絡してこない……」

藤堂の胸中は複雑に錯綜《さくそう》しているようであった。

解放された二人が、滝川綜合中央信用金庫総裁夫妻に付き添われて、警視総監、北見捜査本部長同席の上、警視庁で記者会見を行ない、市谷台の邸宅に帰ったのは夕方であった。

そこにも、週刊誌の取材記者やカメラマンたちが待ち構えていて、応接間にあふれ、玄関や庭にも右往左往していた。

由利子と弘子が服を着更え、ソファに腰をおろしたときは平静《へいせい》さを取り戻し、記者たちの質問にてきぱき答えた。

「こわかったのは、連れて行かれたときと警察の方たちがきたときだけで、あとはとても紳士的でした。やはり何か信念を持っていて、止むを得ずやっているという風にみえました」

と、由利子がいった。

「とても優しくて、あの人たちを逮捕にみえた警察の人たちの方が、ずっとこわかったわ」

弘子の感想に、失笑が波打った。

「ほんとうにようございましたわ。パパが今日、お金を持っていらっしゃるとき、また、あの七曲署のああいう人たちが邪魔するんじゃないかって、私、気が気じゃございませんでした。ほんとに……」

滝川夫人は夫へ同意の視線を向けた。

「ま、そういうことだ。由利子も池野さんも疲れているから、諸君、今日のところはこの辺で勘弁してくれないかね」

滝川総裁はよろこびの色を満面にたたえながら、軽く頭を下げた。

同じ時刻、街で聞き込みをつづけている伸子から、藤堂に電話連絡が入った。

「たった今、おかしなことを聞きました。由利子さんと一緒に拉致された池野弘子が、犯人そっくりの男と、原宿のスナックで度々会っているそうです……」

滝川総裁みずから記者やカメラマンを玄関まで送り出して、応接間へ戻ってみると、事態は急変していた。

ソファには蒼白な顔を硬ばらせて、みじろぎもできない妻、娘の由利子のこめかみに小型拳銃をピッタリ当てている、美容師の弘子だ。

滝川総裁は愕然《がくぜん》と立ち尽した。

「おとなしくして……騒げば殺すわ」

弘子は昂《たか》ぶる声で威嚇《いかく》した。

茶を運んできたお手伝いの若い娘が、悲鳴を上げ、盆を落した。その物音に、玄関と奥からボディガードが二人、飛んできたが、これも立往生した。

どこの雑誌記者か、腕章を巻いた二人の男が駆けつけたが、その手には拳銃が握られていた。主犯のAと共犯のBが、記者たちに紛《まぎ》れこんでいて、洗面所に隠れていたのだ。

「お父さま、その人たちが私をさらった……」

「そ、それじゃ、君はこの連中とグルだったのか……」

「そうよ、私たちは仲間よ。警察が強引な手段に出たときの用意に、私も被害者の真似をしていただけ……」

「私は金を支払ったじゃないか。それなのに、なぜ……」

滝川総裁は顔を凍《い》てつかせたが、その顔にAは拳銃の狙いをつけて、

「たった二億円でごまかそうなんて思うからいけないのさ。だから、こっちも人質を増やすことにしたんだ」

「バカな真似は止せっ。私にはあれ以上の金はとても……」

「できなきゃ、国が出すさ。あんたはお偉方《えらがた》、娘さんの旦那になる男のおやじさんは、政界の大物だろう。動くな！　この家の者は一人残らず、人質にする。一人でも逃げ出したら、残りの人質全員を撃ち殺す。いいな……」

Aが脅《おど》したとき、表に自動車のスリップ音が聞こえ、誰かが玄関へ走りこんでくる気配が伝わり、チャイムが鳴った。

「おい、行け！」

Aは滝川総裁の背に銃口を突きつけ、玄関へ出て行った。

ドアをあけ、玄関のたたきに立ったのは藤堂だ。

「フン、一足遅かったね。でも、あんた、大したもんだな。オレがここにいるのがわかったのかい。でも無駄だよ。あんたがいくら頑張ったって、絶対にオレたちに勝てない。絶対にだ」

「そうかな……」

「そうさ、あんたは何よりも人命優先だが、人質の一人や二人殺すのなんて、オレたちにとっちゃなんでもないことだからね。だから、あんたたちは勝てっこないのさ」

「その人たちを放せ。オレが人質になる」

「へーえ、いい度胸だな。でも駄目さ、お断わりだ。あんたなんか殺したって、どうってことないからな。やっぱり殺すなら……こういう偉い奴でないとな」

　Aは楽しげに滝川総裁に当てた銃口をねじってみせた。

「要求を聞こう」

「それじゃ、あんたからお偉方に伝えてもらおうか。オレたちのこんどの要求は……」

　藤堂の見詰める視線を跳ね返すように、Aは要求を傲然《ごうぜん》と冷静に並べはじめた。

「誘拐犯滝川邸を占拠　全員人質」「被害者池野弘子は共犯」「途方もない要求　爆破犯の釈放と三千万ドル（九十億円）　期限は明日午前十時」「パイロットつきのジェット旅客機で指定国まで　滝川夫妻と由利子さんを人質にして同行」「当局談　要求のすべてをのむ他なし　人命は何ものにもかえ難い」と、報道陣のニュースが全国に拡がった。

　七曲署に近い道路の屋台で、純がコップ酒を飲んでいる。石塚がやってきて、肩を叩き、並んで腰をおろした。

「ニュース、聞いたか……明日の朝六時、市谷台ホテルに集合だぞ。おやじ、おでんくれ」

　石塚は注文して、

「なんだ、ジーパン、行かない気か？」

「島さん、もし死んだら、完全な犬死ですね」

「縁起でもないことを言うなよっ」

「オレのおやじは拳銃嫌いで、持ってなかったために撃ち殺された。命令違反だから、完全な犬死だ。このまま死んだら、島さんだってそうでしょう。組織ってのはそういうもんだって、ボスはいうだろうけど、警察がそういうもんで、そこまで組織に利用されなきゃならないのなら、オレ、刑事辞《や》める」

「オレだって辞めたくなってるんだ。ジーパン、ちっとはちがうことをいえよ。バカヤロー」

　と、石塚は飯台を叩いた。

　いつの間にきたのか、山村は純の反対側に腰掛けて、

「おでん、こっちもだ。二人とも、辞めたきゃ辞めろ。こんなことぐらいで、ぐらつく奴にデカは勤まらんからな」

「そりゃないですよ、山さん。オレはただ、ボスがお偉方の言いなりだから、それが

「……」

「ゴリさんのいう通りです。さらわれたのが大金持ちの娘だからって、なんでオレたちがこんなつらい思いをしなきゃならないんですか」

「ジーパン！　ボスがこの仕事を引き受けたのは、相手が金持ちの娘だからじゃないぞ。組織のためでも、お偉方の命令でもない。人間一人の命の重さにくらべたら、そんなものはすべてどうでもいいことだ。だからこそ、引き受けたんだ。今度のことで一番苦しんでいるのは、ボスだ。それが、おまえたちにわからないのか……。もっとも、刑事なんてバカな商売やっていれば、一度や二度はそういう苦しみにぶつかる。あの北見警視だって、そうだ」

「……」

「ひょっとすると、あの人はボスと同じくらい、生粋《きっすい》のデカなのかもしれんよ。だから、あの人はいつも腹を立てているんだ。現実がそのデカの気持を満《み》たしてくれないことにな。おやじ、酒をもらおうか、一杯」

山村が屋台のおやじに人差指を立ててみせたが、石塚も純も黙りこくっている。

朝が訪れ、滝川邸の全景が俯瞰《ふかん》できる市谷台ホテルの一室、邸の周囲を固める機動隊のトラックがビル越しにみえるが、庭に人影はなく、玄関に二台の外車が横づけされている。

テーブルに滝川邸の見取図が用意され、いくつかの場合を想定して、救出の対角線が何本も引かれてある。

藤堂は窓際に寄り、じっと見おろしているが、伸子は背後で不安そうだ。六時集合の時間が迫っているのに、誰も姿をみせないからだ。

ドアが開き、

「お早うございます」

「お早うス」

いつもの調子で石塚と純が、つづいて野崎があたふたとやってきた。

「ボス！　今、病院に電話しましたら、殿下、助かりました」

と、野崎が報告したから、純が飛び上がってよろこび、石塚も伸子も明るく顔をほころばせた。

「ゲンのいいところで、そろそろ取りかかるか。どうやら脱けた者もいなかったようだし」

「そういうことですよね」

純は空とぼけて、

「ボス、山さんは……」

「拘置所に行っている」

藤堂はテーブルの電話の受話器を取り、ダイヤルを回しはじめ、一同は緊張した。

「お早うございます、藤堂です。午前十時、釈放犯人の丸山と土居を滝川邸へ車で送りつけます。そのとき、人質救出を決行します。許可をいただくのではありません。機動隊にこちらの邪魔をしないように、指示していただきたいだけです」

警視総監へ人質救出作戦の私意《しい》を伝える藤堂だ。

「成功率は六十パーセント、ある布石が生きれば、八十パーセントに増えます」

「いかん、相変らず強引な男だ、君は……六十パーセントでは無理だ」

「しかし、彼らは過激派でもゲリラでもなく、ただ、人を殺すこと、破壊することを楽しんでいます。このまま人質を彼らと一緒に外国へ送った場合、人質が殺される可能性が六十パーセント以上あります」

「……」

「あの三人がなぜ、未だに身元不明なのか、考えてみて下さい。恐らく彼らは極めて平凡な、孤独で貧しい青年たちです。どこか地方から上京して、街の片隅を転々と住みかえ、なんの夢も情熱も抱けぬまま生きてきた青年です。彼らはただ……過激派の真似をすれば、実に容易《たやす》くこれだけのことができるという、そのことに酔っているのです」

声音は熱を帯《お》び、真情を吐露《とろ》する藤堂に、配下たちは胸痛く耳を傾けている。

「彼らを飛び立たせてはいけません。彼らのような平凡な青年が、こんな残忍な犯罪を安直に実行するのを、黙って見過してはいけません！」

「わかった。実はな……君とほとんど同意見を、今、ここで聞いていたところだ。機動隊の件で、その男と相談することを特に許可しよう」

警視総監のデスクの前には、北見捜査本部長が立っていたのであった。

総監との電話がすんだとき、無線で山村が連絡してきた。

「二人とも、警察に協力なんかするかと息まいてはいましたが、かなり効果はあったようです。協力しない限り、誘拐犯と一緒にライフル隊が狙撃《そげき》すると言いましたんでね……あっ、きました、二人がきました」

滝川邸門前に待機する機動隊、そこから二十メートルほど離れた路上に、七曲署の覆面車が二台、石塚と純、野崎が車内で緊張顔をみせている。警察車が走ってきて、門前に止まり、クラクションを鳴らした。ボディガードが門内から、鉄のガードレール柵をあけ、警察車が徐行、門内に入り、停車した。

玄関のドアが開いて、滝川夫妻と由利子、それぞれの脇腹にA、B、弘子の拳銃が当てられている。警察車から、北見が丸山の腕を取って降り、つづいて藤堂が土居の腕を取り、降り立ち、犯人たちの方へ近づこうとしたが、Aに制止された。

「そこで止まれ、手を離せ！」

Aがいった。

「彼らの拳銃に飛びつけ！」

「それが唯一のチャンスだ。いいな」

藤堂と北見が丸山と土居に小声でいったが、眼をそむけた二人は、手を振り切って、前へ進んで行く。

あと二、三歩までに二人と犯人たちの間隔《かんかく》が縮まった。門外に待機する数人の機動隊員が息をのんだとき、突如、タイヤを軋ませて門脇に覆面車が急停車して、山村が降りてきた。

はっとして、丸山も土居もちらっとうしろを振り向いたが、のどがからからに渇いているのだろう、喘ぎ、立ち止まってしまった。

「気をつけろ！　警察はこいつらに裏切らせる気だぞ」

Aが弘子に注意した。

「ウワッ！」

獣《けだもの》のように呻《うめ》き、丸山と土居が無我夢中でAとBに飛びかかったから、Aの拳銃が空を撃った。弘子の銃口もそれに気を取られ、人質からはずれた。その瞬間、藤堂と北見は左右に飛び、素早く拳銃を抜いた。

「動くなっ。滝川さん、家の中へ！」

藤堂が捨て身で仁王立ちになり、滝川夫妻が由利子をかばって、家内へ逃げこもうとして、Bがその背後から狙った。発射と同時に北見の撃った銃弾がBの手首を撃ち、彼の手から銃がはじかれた。それを合図に、堰《せき》を切ったように機動隊が門内に雪崩《なだれ》こんだ。

「待て！」

藤堂が叫んだが、土居と争っていたAの拳銃が火を噴き、機動隊員の一人が胸を撃ち貫かれ、即死した。弘子が泣き喚き、滅多撃ちに乱射しはじめた。

「引け、引け！」

北見が必死に命令した。

その間隙《かんげき》をつき、土居を突き離したAは外車に飛び乗りアクセルを踏み、門外へ逃走しようとした。その鼻先に石塚たちの覆面車二台が突っこんできた。Aは激しくUターンするや、藤堂目がけて走らせた。

藤堂の拳銃が連射されて、外車のフロントガラスがひび割れたかと思うと、門内の立木に激突、白煙を上げた。

藤堂が飛んで行き、ドアをあけると、がくっと崩れ、額から血を流したAは頭から地面へ転げ落ちた。絶命していた。

放心した弘子に北見が手錠をかけた。

フラッシュが閃《ひらめ》き、記者団の質問がはじまった警視庁の会見室、総監と政府担当高官がにこやかな顔で並び、北見と藤堂は末席にいる。

「犯人一人は死亡、いま一人と池野弘子は逮捕され、間もなく自供によって、犯行の全貌が明らかにされるものと思われる。滝川総裁ご夫妻と令嬢の由利子さんはまったく無傷の上、精神的疲労もさしたることなく、旬日のうちに再び、由利子さんの結婚式が執り行なわれるだろうということだ」

警視総監は笑顔であったが、それを引き緊《し》めて、

「この前は七曲署の暴走とかいわれ、とかくの批判を受けたが、今回はその七曲署の藤堂くんも、捜査本部長の北見くんとの緊密な連絡の下に協力して、ことに当たってくれた。そして、ここに事件解決をみたわけであり、今回の人質救出作戦は、まずは大成功であったと、そう、私は確信している次第だ」

と、記者団を眺め渡している。

「いや、成功とはいえません」

藤堂は北見の止めるのもかまわず、発言した。

「藤堂くん！」

警視総監がわずかに眉をしかめた。

「私の行動が抜け駆けであったかどうかということより、人の命を救うための行動が、人の命を奪う結果になった、そのことを、私は、悔やみ、恥じています。亡くなった機動隊員も、半月後、結婚式を挙げるはずでした」

藤堂は人間としていうべきことを言って、席を立ち、

「失礼します」

と、警視総監に一礼して、会見室を出て行く。

警視総監をはじめ、列席の関係者、報道陣すべてが化石になったように、会見室に咳払い一つなく、ただ、北見だけが深く溜息をつき、小刻《こきざ》みにうなずいていた。

ジーパン・シンコ　その愛と死

若者の街、新宿は西日にいろどられて、雑踏《ざっとう》する人々の流れが、訪れる夜のムードへ変わろうとしている。

一日の勤務をすませたジーパン刑事、柴田純は、同じ捜査第一係室の内田伸子と七曲署を出て、街頭の人波にまじった。

伸子は怒りをあからさまに足早に歩き、頰にバンソウコウをはった純は、それを追うようにして行く。

「シンコ、なにを怒ってるんだ？　えっ、まあいいや、とにかく飯でも食おうよ」

「よくないわよ、ジュン、あなた、命が惜しくないの？」

伸子は歩行をゆるめ、純をねめつけた。

「命？　ああ……」

純は頰のバンソウコウをなでて、

「冗談いうなよ、あんなチンピラの拳銃にやられてたまるか」

「だからって、まっこうから向かって行くことないでしょう、そんなの無茶よ。無事ですんだのは運がよかっただけよ」

「シンコ……」

純は伸子を熱く見詰めた。

今日の午前中、純は石塚誠刑事と街をパトロール中、スーパーストアの間近で挙動不審《きょどうふしん》の男に声をかけたところ、突如、男は逃げ出した。ビルの谷間をぬい、必死で逃げる男を工事現場に追いつめたが、男は拳銃を取り出して、震《ふる》えおののきながら、「くるな！　撃つぞ！」と引きつる声で叫んだ。猛然とダッシュした純は相手に体当りし、拳銃を叩き落して、殴り倒した。急行してきた所轄《しょかつ》の城西署のパトカーに、その男を引き渡した。バンソウコウはそのときのかすり傷に、伸子が手当てしてくれたものであった。

「帰る、私……」

「待てよ、シンコ、ちょっとつき合って欲しいんだ」

純は強引に伸子の腕をつかみ、歩き出して、メインストリートにある宝石店のスイングドアを押して、店内に入った。

数人の客がショーケースをのぞき、それぞれ女店員の応待に注文をつけて、好むものを選んでいた。

「放してったら、ジュン、みっともないわ」

「そう、どれがいい？」

純は手を放して、店内を見回した。

「どれって？」

「指輪だよ、エンゲージ・リング！」

「誰の？」

「シンコのさ」

「相手は？」

「決まってるだろ」

童児のような素朴《そぼく》な表情で伸子をみて、純は自分の鼻を指さした。

「まあ、呆れた人ねえ。一体、いつ婚約したの、私たち……」

「いいじゃないか、そんなの……」

「いいもんですかっ、そんないい加減な……」

伸子は純の顔をつくづく見返した。

背後《はいご》で二人の会話を聞いていた、蝶ネクタイの店のマネージャーが、「ご婚約おめでとうございます。さあ、どうぞ」と、エンゲージ・リングのコーナーへ案内し、ショーケースを取り出して、

「エンゲージ・リングは、女性の誕生石をプレゼントするのが流行でございます。お客さまは何月のお生まれでいらっしゃいますか」

と、伸子に愛想笑いをこぼした。

「あたし、あのう、四月ですけど……」

「四月、素晴らしい月でございますねえ。このケース、これが四月の誕生石、ダイヤモンドでございます」

ショーケースの黒いビロードに、きらきらと星のきらめきを思わせる、ダイヤモンドの粒の屈折《くっせつ》する光を、純は恐る恐るのぞきこんだ。

「ダイヤ……意外と安いのもあるんだな。二万円だよ、ほら、シンコ、これいくか」

「行きましょうよ、ね」

「遠慮すんなよ。おれだって、二万円ぐらいなら、なんとか……あれえ、一、十、百、千、万……うへっ、二百万か」

純が二万円と思ったダイヤは、隣の石のプライス表に0の数が隠れていたのだ。

純の大声にマネージャーや女子店員、近くの客が笑いをこらえている。

「考えてみるよ、な……」

純は伸子につづいて、宝石店を飛び出した。

「シンコ、逃げることないだろ」

「恥ずかしいわよ、あんな大きな声出すんだもの……」

「客をみてすすめりゃいいんだよ。まったく冷や汗かいちゃった。冗談じゃねえや」

純がいって、二人は声にして笑い合ったが、すぐ真顔に戻った純と、その視線がぶつかって、伸子の顔に美しいかげりがみえた。

「おれ、本気なんだ」

「ええ、うれしかったわ。ほんとは……いつそう言ってくれるかと思って、ずっと待ってたんだもの……でも一つだけ、心配なことがあるの。あたしのお父さんよ」

「おれ、きっとお父さんを説き伏せてみせる。そうだ、これから行って、頼んでみようよ」

純は明るくいったが、伸子は唇を噛みしめていた。

七曲署へ着任して、はじめての事件で伸子とテニスコートで張り込みをしたとき、純がまだ刑事という職に疑問を持っていることを口にすると、彼女がそれを受け止めてくれて心の安らぎを与えてくれた。今、ハッキリとプロポーズして、彼女が応じてくれたのを肌身で受け止め、人生がバラ色に輝きはじめた。おれはあのときから、シンコに愛情を抱いていたのだ……と、よろこびが胸を衝《つ》き上げてくるのを抑《おさ》え難いジーパンであった。

七曲署に近い一杯飲み屋、軽い食事もできる店「宗吉」の主人の宗吉は、伸子の父親であり、元は鬼刑事と謳《うた》われた男だ。七曲署捜査第一係室の刑事たちも溜り場にしている店でもある。

伸子と連れ立って、純は「宗吉」へ行き、カウンターに腰をおろして、まずビールをとり、おもむろに結婚話を出したが、みるみるうちに宗吉の顔色が変わって、

「断わる！」

と、怒声を上げた。

エプロンをつけて、店の手伝いをはじめようとした伸子を睨み据《す》えて、

「シンコ、おまえもおまえだっ。刑事だけはいけねえと、おれがいつも口をすっぱくして言ってることを忘れたのか！」

宗吉は娘を一喝《いっかつ》したが、元刑事であっただけに、複雑な感情にゆさぶられているにちがいなかった。

「おやじさん、なんで刑事は駄目なんですか」

「わけなんざいう必要ねえね。駄目なもんは駄目なんだ。さ、帰ってくれ、二度とここへはこねえでくんな！」

「おれは帰らないよ。おやじさん、あんたがうんと言ってくれるまで、絶対にここを動かないからねっ」

純はカウンターを激しく叩いた。

「この野郎、ちょっとばかり図体がでけえからって、大きな口を……くそっ、年をとったってな、やい、まだまだおまえなんぞに退《ひ》けをとりゃしねえぞ。ジーパン、表へ出るか」

宗吉は腕をまくり、肩を怒らした。

「やめてったら、二人とも、いい加減にしてよ」

伸子が制止したとき、レジ台の電話が鳴った。

伸子が駆け寄り、受話器を取って、

「はい、宗吉でございますが、あ、ボス……柴田君……います、柴田君！」

純を呼び、受話器を彼に渡した。

「柴田です」

「ジーパン、昼前、拳銃不法所持の若い男を逮捕して、城西署に引き渡したな。その男は会田実《あいだみのる》……彼を連行中、そのパトカーが行方不明になって、たった今、車が大田橋の下で発見された。警官二名が射殺され、拳銃も奪われている」

「わかりました、現場に急行します」

純は電話を切って、

「おやじさん、話はまただ。じゃアな……」

と、伸子に目線《めせん》を送って、店から飛び出して行く。

「柴田君！」

「あの野郎っ」

「野郎なんて言わないでよ。お父さんはどう思ってるか知らないけど、柴田君は立派な刑事よ」

「ああそうさ、立派なデカだ。一生に一度の結婚話だろうと、事件と聞きゃア鉄砲玉《てっぽうだま》、飲み代も払わずに飛び出して行きやがる。おれは反対だ、いいか、伸子、おれの目の黒いうちは絶対におまえを刑事の嫁にだけはしねえぞ！」

父親の荒々しいことばに、伸子は目を閉じた。

純が多摩川の大田橋へ駆けつけてみると、土手を滑り落ちたパトカーをライトが照らし出して、城西署の鑑識課員と刑事たちが現場検証をしていた。七曲署の野崎太郎、島公之、それに石塚刑事も調べていた。

「ゴリさん……」

「あいつの単独犯行のようだ」

と、石塚は純と目を合わせた。

デカ長の野崎が二人に近寄って、

「警官の方も、手錠を打って安心していたんだろうな。いきなり後ろからハンドルを奪われて、車は土手から滑り落ちた。そのショックで自由がきかんところを、拳銃を奪われたらしい。運転していた警官は頭を、後ろの警官は胸を撃たれ、二人とも即死だ」

「そして、奴は自分の拳銃を取り戻して逃げた……」

石塚は独り合点をみせた。

血にまみれた手錠が車内のフロアに、捨てられてあった。

「とっ捕まえてやる、必ずもう一度、おれのこの手で……」

純はいうにいわれぬ憤りにさらされた。

犯人の会田実の身元が割れて、四年前から新宿のレストラン「方舟《はこぶね》」の見習コックであることがわかり、純はゴリさんと直ちに聞き込みに行った。

マネージャーの話では、会田はズル休みや遅刻が多くなり、三月ほど前にクビになっていた。一人のウェートレスの話から、会田は智子《ともこ》というウェートレスとつき合っていたが、彼女は馴染みの客と結婚してしまった。そのころから、彼の働きぶりが崩れたらしい。純は智子の嫁ぎ先を聞き出して、ただちに訪ねてみた。

田園調布の住宅街のデラックスな邸に、まさに貴夫人といったありようで、智子は膝にペットの小犬を抱え、純を応接間に迎えた。

純が会田実の逃亡先の心当り、つき合っている仲間をたずねたが、智子は首を横に振って、

「存じませんの、ほんとになにも。実さん、いいえ、会田さんはとっても無口でしたから……」

「奥さん、もしかしたら、会田はあなたと結婚の約束をしていたのじゃありませんか」

「えっ、ええ、そうなんです」

「あなたは会田を捨て、ご主人と一緒になった、そういうことですね。なぜ？」

「なぜって、だって、ずっと条件のいい人に結婚を申し込まれたとしたら、誰だってそうしますでしょ。ちがいます？……」

智子は小首をかしげ、艶然と笑っていた。

午前零時を過ぎて、七曲署の捜査第一係室へ戻った純は、ドアをあけかけて、係長の藤堂俊介と山村精一刑事の会話を耳にした。

「殴った？　ジーパンが会田をか……」

「目撃者の話から、城西署では大分問題にしてるんです。つまり、ヤクザでもなんでもない若者が、警官殺しなんかを普通の状態でやるはずがない。あれは七曲署の柴田があまりにひどく殴ったせいだと……」

そこまで聞いて、勢いよくドアをあけ、部屋に入るなり、純はボスのデスクの前に立った。

「冗談じゃないですよ、そんな！　おれは、あの場合、限度《げんど》を越したとは思いません。

ボス、信じて下さいよ」

「そうか、それならいい。城西署にはおれから話しておく」

藤堂係長は純にとも山村にともなくいった。

山村は純に顔を向けて、

「だいぶ遅かったが、なにかつかめたか?」

「会田は可哀そうな奴かも知れません。あいつは女に裏切られて、ヤケを起こしているんです。強盗でもやる気で拳銃を持っていたのかも……ひどい女です。あんな可愛い顔して、ニコニコ笑いながら裏切られたら、おれだって、なにをやるかわからないですよ」

純の不服そうな語りように、藤堂と山村は顔を見合わせた。


朝、目ざまし時計が七時三十分のベルを鳴らしはじめ、布団から夢うつつの純の手が伸び、目ざまし時計を布団のなかへ引き入れた。ベルの音が消えた。

襖が開き、母親のタキが入ってきて、窓のカーテンをあけた。

「純、起きなさい、遅刻しますよ」

タキは純の布団をはぎにかかった。

「うるせえなあ、もう少し優しくしてくれたっていいだろう、クタクタなんだから……」

「なにを甘ったれているんだい、そんなことは嫁さんでももらってからおいい」

「あっ、そうだ、おれ、結婚するよ、母さん」

「えっ、なんだって？」

「そんなにびっくりするなよ。母さんも知ってる女性だよ、ほら、内田伸子……ま、大した美人じゃないし、いろいろ問題はあるけどさ、なんとかなるよ。母さん、そのうちに彼女のおやじさんに会ってくれよ。あれ、もうこんな時間か！」

純は飛び起きて、出掛ける支度をはじめた。

彼が出勤して行った後、タキは仏壇に線香《せんこう》をあげて、

「お父さん、純がお嫁さんをもらうんですって、相手はとってもいい娘さんでねえ。純もこれで一人前、私の肩の荷も降りそうですよ」

と、涙ぐみ、自分の信念から拳銃を持たなかったために、犯人に射殺され殉職した警察官であった夫へ、感慨もあらたに報告するのであった。

純が出勤すると、捜査第一係室全員の顔が揃っていて、彼に視線を集め、なんとなくなごやいだ雰囲気で、伸子だけがデスクでしかつめらしく書類を書いている。

石塚ことゴリさんもニヤッとするし、殿下こと島も事務の永井久美に意味ありげに顎をしゃくり、藤堂ボスのデスクの前に立つ野崎のデカ長さんとおとしの山さんこと山村

もニッコリ、ボスまで柔らかい視線を送ってくる。

「お早うス、ボス……なんですか、みんな、ニヤニヤしちゃって」

「いやだあ、とぼけちゃって……」

「とぼける？　なんのことだよ、久美」

「キャアッ、間違えないで、お相手はあちらでしょ」

近寄る純から逃げた久美は、デパートの案内嬢よろしく、仲子の方へ手をのべた。

「えっ……ばかだなあ、シンコ、もうしゃべっちゃったのか……」

「ちがうわ、お父さんがボスに電話で……」

「おやじさんが……？」

純は渋い顔になって、ボスへ向き直った。

「断わりの電話だよ。あんな奴に娘はやらんとな……ジーパン、宗さんには、骨身《ほねみ》にしみてわかっているんだ、刑事の女房の苦労がな。どうした？　そんなことでしょげる柄か」

藤堂係長は純と仲子を見くらべている。

ゴリさんが純の肩を叩いて、

「シンコはな、今朝、辞表を出したんだ。家出でも駆落《かけお》ちでも、おまえのためならって心境らしいぞ」

「ゴリさん！」

顔を朱に染め、伸子が石塚を睨んだが、どっと笑いが起こった。

「おめでたい話はそこまでだ。山さん、さっきの話をつづけてくれ」

「まだハッキリした証拠はありませんが、どうもこの事件、裏に竜神会《りゅうじんかい》が動いているようです」

「竜神会？」

「昨夜のジーパンの推理は的を射てましてね、女に捨てられてから、会田は急激にぐれて、そのころからしょっちゅうつき合っていた男に、前岡博《まえおかひろし》というチンピラがいるんですが、こいつ、強盗の前科がある上に、竜神会の息がかかっているんです」

「匂うな、よし、出動だ。その前岡を是が非でも探し出せ！」

ボスの命令に、純と石塚組、野崎と島組、山村は単独で、それぞれ覆面車で出動を開始した。

純たちは柏木にある前岡のアパートを突きとめたが、一足ちがいで逃げられてしまった。しかし、テーブルに飲みさしの茶碗が二つ、灰皿のタバコは二種類、二人いた証拠を発見した。

「ゴリさん、やっぱり前岡と会田ですか」

「指紋をみればわかるが、それより、二人がここでなにを相談したか……奴ら、なんかやって、高飛びするつもりだ。手配だ!」

前岡のアパートを出た純と石塚は藤堂係長へ電話を入れ、各覆面車へ連絡した。

盛り場の聞き込み捜査がつづけられたが、確かな情報はなかなかキャッチできなかった。

純は覆面車を運転しながら、思うことをゴリさんにしゃべった。

「警官殺しですけど、殺したのは会田じゃありませんよ」

「じゃ、誰だ? 前岡か……?」

「でなきゃ、竜神会です。会田の警官殺しは、おれが殴ったせいじゃない、そう思いたいから、こんなことを言ってるんじゃないですよ。確かにおれは会田を殴った。だけど、あのとき会田は震えてました。おかしいと思いませんか。なんであんな奴が拳銃を持ってたのか、なんで警官を殺してまで逃げたのか……」

「……」

「竜神会はあのとき、既に会田と前岡になにかやらせる気でいたのかもしれない」

「だから、パトカーを襲って、警官を殺した」

「そう、おれはそれを証明したいんです。自分の汚名をそそぎたいからじゃない、会田って奴が段々わかってきたからです。なんとかして、あいつを立ち直らせてやりたいんです。おかしいかな、おれがこんなことを言うの……」

「おかしいもんか、ジーパン、よし！　おれもおまえのその推理に賭けるぞ。さ、竜神会の縄張りを片っ端からシラミ潰しに当たろう」

「はい！」

純がうなずき、スタートをかけたとき、ボスからの無線連絡が入った。

「たった今、通報があった。丸光ストアが、会田と前岡らしい拳銃強盗に襲われている。連中はまだ通報されたことを知らない。ジーパン、ゴリ、最短距離にいるのはおまえたちだ。急げ、絶対に逃がすなっ」

「了解！」

純たちの覆面車はスピードを上げた。

「おれが会田を職務質問したとき、すぐそばに丸光ストアがあった……」

純の独り言に、石塚は大きくうなずき返した。

前岡と会田は西大久保の丸光ストア事務室を襲い、女子事務員と支店長に拳銃を突きつけ、金庫をあけさせ、用意してきた袋に現金を押し込み、女事務員をタテに裏口へ出た。

純と石塚が覆面車をとめ、拳銃を抜き、丸光ストアに飛び込んできたから、買物客がおどろき、逃げ惑った。

裏口を出た前岡は女子事務員を突き倒して、

「おい、早くしろ」

と、会田を促し、駆け出した。

裏口駐車場にプールしてあった彼らの小型車へ走った前岡は、運転席のドアをあけるや、現金袋を投げ込み、素早く乗った。会田も現金袋を投げ入れ、乗ろうとしたとき、純が裏口から飛び出した。

「会田っ、銃を捨てろっ、バカな真似はやめろ！」

純が拳銃を握って、会田に狙いをつけた。

会田は足がすくんで、車に乗ることもできない。

「銃を捨てるんだ！」

純の指が引金をひこうとして、一瞬のためらいをみせた間隙に、前岡が撃ってきた。虚をつかれた純は傍のダンボール箱の積荷へ身を避けた。同時に、会田が小型車へ飛び乗り、スリップ音を残して、彼らの車はフルスピードで逃げ去る。

表から回ってきた石塚が逃走する小型車へ一発撃ったが、狙いは外れた。

「どうしたんだ、ジーパン？」

呆然と突っ立っている純に、石塚が駆け寄った。

野崎たちの覆面車と山村の覆面車も現場へ急行してきた。

「どうした、ジーパン？」

「どうしたんだ、犯人は……」

「逃げられたのかっ」

山村、島、野崎に問い詰められて、純は拳銃を握る右手を力なく下げて、

「撃てなかった、おれ、犯人を……犯人を人間としてみるってことは……臆病になってるってことなんですか、山さん……」

と、悲しげに俯いた。

「ジーパン、おまえは間違っちゃいない、決して間違っちゃいない。だが今は……追うんだ！」

山村は純を励ました。他の刑事たちも、思いは同じにちがいなかった。


大久保通りに面したパチンコ屋「ドラゴン」の裏に回る路地、裏口のドアに竜神会の木札がかかっている。夕闇にまぎれて、ヤクザらしい男が一人、二人と出入りしているが、格別な動きはみられない。

薄暗い路地、ゴミ用のふたをされたポリバケツに腰をおろし、張り込みをはじめた純の虚ろな顔、その横に立つ伸子が慰めようもなく、口をつぐんでいた。

八等身の大きな純が折るようにからだを小さくして、コンクリートの路地に目を落して、

「これで、いいのかも……おれが会田のなかに人間をみてしまったのも、いざというとき撃てなかったのも、きっと、シンコと結婚する気になったからだ。結婚して、子供ができて、いつもホシの気持を考え、臆病になって、やがて年をとり、年金をもらって満足して……おれもそういう男になってきたんだ。それでいいんだよ、きっと……」

「そうよって、私は言えばいいの？　安全にいつも家庭のことさえ考えてくれれば、私は幸せって言えばいいの……奥さんになって、子供ができたら、私だって、そう思うかもしれないわ。でも、今はちがう、口ではすねたこと言ったって、ただ年金のために働くなんて、あなたにできっこないわ。私、保証する。それに、山さんの言った通りよ。あなた、間違ってなんかいないわ」

「……」

「ジュン、自分の感じたことを信じて頂戴。会田は弱い男、人なんか殺せない男……きっとそうよ。あなたがそう感じたのなら、そうよ」

「シンコ、もういい。信じる」

「ほんとね……」

「ああ、ほんとだ。だから、もう帰れよ。そうだ、おふくろがさ、明日の朝、ご挨拶に行くって言ってた。おやじさんと喧嘩になると困るから、うまく頼むよ」

「うん、わかったわ。じゃ、気をつけてね」

仲子は心を残し、その場から去った。

同じころ、「宗吉」に藤堂が訪れ、強盗犯を純が取り逃がしたミスを語って、

「あいつにとっちゃ、初めてのことだ。ジーパンは生まれ変わろうとしてるんだよ、宗さん」

「生まれ変わる？　あいつが……」

「デカにとって一番むずかしいのは、本当にホシの気持になって考え、しかもそれに溺れないことだ。今、あいつはそのむずかしいことをやろうとしているんだ。なあ宗さん、そういうジーパンを見守ってやってくれないか……親父《おやじ》として……」

「うむ……」

宗吉は溜息をつき、がっくり両肩を落した。

そのとき、藤堂へ山村から電話連絡が入り、前岡が射殺されたと報告。殺害現場は西口のビルの谷間の空地、凶器は会田の所持する38口径と同じ拳銃、所持金はなかった。

翌早朝、捜査第一係室に全員集合がかけられた。殺害現場の状況としては、仲間割れ、会田が金を一人占めしたように判断されるが、でき過ぎだと意見を吐いたのは山村であった。

純はみんなから離れて、窓際に立っていた。

係長デスクの電話が鳴って、応待する藤堂の顔色が変わった。

「なにっ！」

藤堂の緊《しま》った表情に、一同は声をのんだ。島が部屋を飛び出して行く。

「ジーパン、会田から電話だ。おまえとだけなら、話すといっている」

「えっ！」と、純は受話器に飛びついた。

「もしもし、おれだ、柴田だっ」

「ああ、あんたか……おれ、殺される」

「会田、なに、誰にだ？　相手は……竜神会か」

「どうしてそれを……あ、あいつらだ。きたねえんだ、前岡とおれに強盗やらせて……初めっからおれたちを消すつもりで……警官二人殺したのも、あいつらなんだっ！　おれ、あんたが一人できたら、自首するよ。だから、助けてくれよ。おれ、ほかに誰にも、頼る人いないんだ」

「わかった、必ず助けてやるぞ。会田、そこはどこだ？」

「公衆電話だけど、ここは……あ、奴らだ、また電話するっ」

電話は切れた。

「畜生っ、切れちまった」

「心配するな、多分、殿下が……」

藤堂がいうより早く、島が駆け戻ってきて、

「ジーパン、逆探でわかった。代々木駅前の公衆電話だ！」

捜査第一係室は俄かに活気立ち、勇躍、出動する刑事たちであった。

まず純の覆面車、それにやや遅れて、石塚の覆面車、さらに遅れて、山村と野崎と島の乗る覆面車、早朝の道路を疾走、代々木駅へ向かった。


「宗吉」のカーテンがひいてある表ガラス戸が叩かれて、伸子が鍵をあけ、ガラス戸をあけた。

表に笑顔のタキが立っていた。

「お早うございます」

「ごめんなさいね、朝っぱらから……でもね、こういうことはやっぱりきちんとしないとね」

「すみません、わざわざ……どうぞお入りになって、さあ、お掛け下さい」

伸子はタキを招き入れ、椅子に腰かけるようにすすめて、

「お父さん、柴田さんのお母さんよ」

と、奥へ声をかけた。

「ふん、敵の御台所のお出ましか……」

宗吉がつぶやき、のれんから顔をのぞかせたが、怒りの様子はどこにもないどころか

ニコニコ顔で、「やあ、おいでなさい」と店へ出てきた。

藤堂係長のとりなしと娘の気づかいに、どうやら頑固親父も軟化したらしい。

双方の親として、挨拶を交わしたタキと宗吉は、伸子のいれた茶をすすり、互いにざっくばらんな話をはじめた。

「おやまあ、そうでございましたか、それでは、昨日にでも伺っていたら、大喧嘩になったかもしれませんね」

「いや、もうそれは言いっこなしということに……」

宗吉は頭をかいた。

「でも、その大喧嘩、ちょっとみたかったなあ」

伸子はホッとするとともに、冗談を言った。

「こいつめ！」

宗吉が睨み、一同は快く笑い合った。


——待ってろ、会田、おれが助けに行く！

純はハンドルを握り締め、フルスピードで代々木駅前の広場へ急行したが、その眼前で数人のやくざに黒塗りの外車へ押し込められる会田の姿……会田を乗せた外車にもう一台の外車がつき、渋谷方向に走り出す。

「くそっ」

純は追走しながら、無線で七曲署に待機する藤堂係長に連絡。

「ボス、会田が竜神会に捕まりました。外車二台、追跡します」

「気づかれるなっ。約一キロ後にゴリがいる。バトンタッチで尾行しろ！」

「了解っ」

純は石塚刑事の車と、左折道路で交代、石塚の車が外車追走に移った。

「ジーパン、どうやら敵さん、気づいたようだからな。こうなったら、このまま、おれがピッタリ食い下がる。振り切られたときの切札がおまえだ、いいなっ」

「ゴリさん、交代しなくていいんですか」

「いいから、おれのいう通りにしろ」

石塚の覆面車へ距離を縮めて行くと、二台の外車は左右に分かれ、会田の乗せられている車は左側を走っている。

石塚は左の外車へ目標をつけて、スピードを上げれば、相手もスピードを上げる。外車の左の車が先になり、雁行した。

「あっ」と、石塚が声をのんだが、右の外車が突っ込んできて、ハンドルを切ったところ、コンクリート塀に激突、フロントが潰れた。石塚の額に血が流れた。

「ゴリさん、ゴリさん……」

「行け、行け！」

「わかりました……」

純はゴリさんの覆面車を走る視線でとらえて、外車追走にスピードを上げた。

外車は芝浦方向へ、竹芝の倉庫街へ入り、スピードをゆるめた。

純は倉庫街の入り口の道路に車をとめて、

「ゴリさん、海です、竹芝の倉庫街です……あとは歩きます」

「無理するな、ジーパンっ。すぐ山さんたちが着く。いいな、相手は八人だぞ、わかったな」

「了解」

無線をオフにして、拳銃を改め、純は車から降り、倉庫街の路地を先回りして、物蔭に隠れた。

純が姿を隠したところから五十メートルほど先、路上に積荷が置かれてある倉庫の入り口へ、必死にもがく会田を、八人のヤクザがその倉庫に入れようとした。

純は拳銃を握って、

「会田！」

と、呼びかけた。

その声に、会田は押さえられていた手を振り切って、純の方へ逃げようとした。

「待てっ」

一人のヤクザの拳銃が会田に狙いをつけた。

純は飛び出して、撃った。相手は肩をおさえて、のけ反《ぞ》った。

「会田、こっちだ！」

「刑事さんっ」

と、叫ぶ会田の足許に、他のやくざの銃弾が弾け、会田は積荷の蔭へ転がった。

ヤクザの一斉射撃が純に集中した。純はそれに応戦した。

「刑事さん、早く助けてくれ！」

「そこにいろ、動くなっ」

純はヤクザの数を確かめた。四人に減っている。あとの四人が倉庫の裏に回ったらしい。正面の敵に向かって乱射しながら、位置を変え裏からの敵に対して積荷をくずしたり、ドラム缶を蹴倒したり、大暴れしてその四人を片づけた。前方のヤクザもかさにかかって撃ちまくってきたが、純の射撃は正確だった。その間、会田も無我夢中で目の前に転がってきた拳銃を広い、震えながら両手に握り締めている。

純は残る四人のヤクザを撃ち倒して、ふらふら幽鬼のように歩き、やっと会田の前に立って、

「さ、そいつをこっちに……」

と、手を伸ばした。

その瞬間、会田は反射的に引金をひいた。

純は腹に銃弾を撃ち込まれて、前のめりに膝を折った。

「あ、会田……」

「あっ、あっ……」

会田は錯乱《さくらん》状態に陥って、うわあっと獣のように絶叫、逃げ出して行く。

純は腹をおさえて、

「なんじゃ、こりゃあ」

「死にたくないよ、まだ死にたくないよ」と絞り出すように叫びながら仰向けに倒れて、青い空を仰いだ。

青い空の果てに、シンコの顔が浮かび、意識が薄れていった。


タキがうれしそうに相好《そうごう》を崩して帰って行った。

「いいおふくろさんだぜ。シンコ、あれなら、おめえも苦労しないですむ。フン、おれはジーパンのおとうちゃんか……めでてえ日だ、早目だが、店をあけるか」

宗吉は店の準備をはじめた。

伸子は、「よかったわね、ジュン、私を幸福なお嫁さんにしてよ」と、ふくらむ胸のなかで甘くささやいた。

レジ台の電話が鳴って、伸子がはずむ思いで受話器を取った。

「シンコ……」

「あら、ボス、お早うございます……なにか？　ボス……」

伸子がたずねても、藤堂の声はなかった。

「ボス！」

伸子が悲痛に叫んだ。

宗吉も顔を硬ばらせた。

藤堂のことばは聞かれず、久美だろう、すすり泣く声が受話器を通して、伸子の耳へ伝わった。

ジーパン刑事、柴田純は死んだ……。

特別対談　高橋(関根)恵子×岡田晋吉

高橋(関根)恵子　一九五五年北海道生まれ。女優。中学二年生の時に大映にスカウトされ、卒業までの一年間、大映の研修所で演技のレッスンを重ねる。一九七〇年、中学卒業と同時に大映へ入社。関根恵子という実名で『高校生ブルース』にて主演デビュー。一九七一年に大映が倒産し、東宝に移籍。翌年七月から東宝と日本テレビが共同制作した刑事ドラマ『太陽にほえろ!』に、ヒロインである七曲署の女性警察官「シンコ」役で二年間レギュラー出演し、人気女優となる。

◆17歳の少女が個性的な役者陣のなかで

岡田　昨日、全日本大学女子駅伝のテレビ中継がありましたが、若い女子大生が走っている姿を見ていて、ふと思い当たったのですが、『太陽にほえろ!』に出演されていたときの高橋さんもほとんど同じ年代でしたよね?

高橋　ええ、当時は一七歳でした。まだ高校生の年齢だったんです。

岡田　駅伝大会の女子大生ランナーは、将来に大きな希望を持っているようでした。情熱にあふれ、怖いものなんて何もない、そんな強さを感じました。約五〇年前に高橋さんがはじめて『太陽にほえろ！』の撮影に来られたときも、同じように情熱的で怖れ知らずでしたか？

高橋　そうですね。私は映画でデビューさせてもらって女優になりました。でも、デビューしてから一年半で、当時所属していた大映が倒産しちゃったんです。それで、そのあと東宝に移り、それからちょっとして『太陽にほえろ！』出演の話をいただきました。一七から一八歳の二年間に、「マカロニ」こと萩原健一（ショーケン）さんと、「ジーパン」こと松田優作さんの相手役をさせていただけたわけですから、今思うと本当に幸運だったと思います。

岡田　他の出演者は年齢が上の個性的な役者ばかりで、その中に一七歳の女性がひとり放り込まれて。でも、僕の印象では、高橋さんは堂々としていて、とても一七歳には見えなかった。二〇歳を過ぎているような感じでしたね。

高橋　今よりも当時のほうが落ち着いていたかもしれません。ふてぶてしかったんです（笑）。他の役者さんとも対等な気分で、まだ小娘なのに、気持ちは一人前のつもりでした。でもやっぱり多感な時期で、隅のほうで本を読みながら泣いていたらしいんですよ。

露口さんから慰められたとか言われましたね。

岡田　第五話「48時間の青春」という回で、高橋さんにはじめて主演をやってもらいました。火野正平さんがゲスト出演されている回です。あのときの高橋さんの演技には目を見張りましたよ。

高橋　火野正平さんの演技は今でもよく覚えています。なんて芝居の上手な人なんだと驚きました。

岡田　シリーズの当初は、高橋さんは少年課の女性警察官役だったんです。でも、第五話での火野正平との芝居がすごく面白かったから、レギュラーとして出演してもらうために、物語のなかで昇格させて女性刑事役にしたんですよ。だって少年課だと、所属する課が違うんだから、捜査第一係の部屋に来られないじゃない（笑）。

高橋　『太陽にほえろ！』には二年間出演させていただき、その間に一二回ほど主役をやらせていただきました。ジーパンが亡くなる前には、強引に恋人役にもなりましたし（笑）。

岡田　ジーパンが殉職する五話ぐらい前から急に、二人を恋人として設定したんです（笑）。ショーケンのときは『太陽にほえろ！』に恋愛の要素をあえていれなかったんですが、ショーケンがドラマのなかで殉職したのと同様に、こんどは優作がドラマのなかで死にたいって言ってきたので（笑）、殺すならいちばん幸せなときに殺そうと考えて、シンコと恋人同士の設定にしたんです。

高橋　優作さんが辞めるって言ってきた二カ月ぐらい前から、ジーパンとシンコは急激に近くなりましたね。

岡田　本書にも収録されている「ジーパン・シンコ　その愛と死」の回を見直したんですよ。ラストシーンの高橋さんの演技が抜群にうまかった。石原さんから電話がかかってきて、でも石原さんがなんにも言わない。言えないんですよね。高橋さんがそれで勘づいて、一筋の涙を流す芝居をするんです。これがすごかったよ！

高橋　ありがとうございます。ドラマのなかでジーパンが亡くなるわけですけど、一年間ずっと一緒に同志のように仕事をしてきた人が、もうこれで現場から去っていくと思うと感極まるものがありました。だから、女優として自分のできる限りのものを出したいと思ったんです。

岡田　二〇〇一年に、舘ひろしくんがボス役の『太陽にほえろ！２００１』をやりました。そのときに高橋さんにもシンコ役で出てもらったんです。そのときの撮影現場に僕はいなかったんだけど、撮影が中止になったっていう電話がきたんです。僕は驚いてね、その理由をスタッフに尋ねたら、「関根さんが「ボス」って一言いったら、泣いちゃった」って言うんだよな。その話を聞いて僕は感動しましたね。

高橋　そんなこともありました。だって、当時のメンバーで同じ役で出させてもらったのは、私だけなんですよ。ボスこと石原裕次郎さんをはじめ、なかには亡くなった人もいる。「ボス」って言ったらあのボスがいたのに、今はもういないって……。個人的な感情が出て、万感胸に迫る思いがあったのかもしれません。

岡田　高橋さんの涙を見て、舘くんはじめスタッフ全員が感動しちゃってね。あのうるさい舘くんが、黙ってずっと待っていたというんだから（笑）。

◆シンコからみた撮影現場

岡田　七曲署のメンバーについてどういう印象をもちましたか？　ボス、マカロニ、ジーパン、山さんなど、それぞれ個性的な役者がそろっておりましたが……。

高橋　石原裕次郎さんはまさしくスター。石原裕次郎さんが現場に入ると、スタッフの人たちがすごく嬉しそうなんですよ。裕次郎さんと同じ空気を吸って、同じ現場で照明当てたりカメラ回したり、それが嬉しいっていうのが伝わってくるんですね。石原さんご本人は全然偉そうにもされないし、茶目っ気があってフランクにお話をされている。すごく普通にしていらしても、現場の雰囲気が明るくなる。「これがスターなんだな」っていうのを実感しました。

岡田　石原さんはやっぱり明るいからね。晩年は大病を患い、あれだけ闘病していても愚痴ひとつこぼさなかった。「石原さん、病気ばっかりでしんどいよね」と僕が話しかけたら、「いや、でも全部治ってるよ」って言われたんですよ。そのときに本当にこの人はすごい人だなと思った。

高橋　現場でも石原さんから愚痴ひとつ聞いたことなかったですね。

岡田　彼はまさしく映画スターですよね。現場に入れば、誰にでも「おはよう！」って声をかけてくれる。「おはよう！」という挨拶は映画の鉄則みたいですね。

高橋　「おはよう！」って言うことで、たぶん現場が一つになれるんですよね。現場に入るまでは、結婚している方も、独りでいらっしゃる方も、それぞれ個人の生活を抱えているわけじゃないですか。でも、その現場に来て「おはよう！」って言った瞬間から、もう個人の生活は抜きで、この現場に入りますっていう、そこで一つになっていける。とても大事な挨拶なんだろうと思います。

岡田　ショーケンはどうでした？

高橋　ショーケンさんは、ご自分でいろいろなことを考えてきて、「このシーンはこうしたいんだよ」っていうアイデアを監督にぶつけていて、それがすごいなと思いました。それから、衣装への情熱もすごかったですね。それまでの刑事像を覆して、長髪でああいう格好をして「マカロニ」という新しい刑事像を打ち立てたのは、やっぱりショーケンさんの創作で、すごいなと思いました。

岡田　ショーケンは「俺はこういうのがいい」と思ったらそれを通す。普通は考えられないですよね。彼は刑事を演じようなんて思わないんだから。

高橋　そうですよね。

岡田　当人がいちばん格好よく見られればいいっていう感じで。それが狙いで、僕はショーケンと組んだんですけどね。

高橋　それがきっと受けたんだと思います。石原さんのボスとショーケンのマカロニという今まで全くないキャラクター。他の役者さんたちも、今までテレビでやったことがないことをやってみたいとか、見たことのないような芝居をやりたいとか、そういう感じの新しいものを生み出すことに強い気持をもっていましたよね。

岡田　優作はどうでしたか？

高橋　撮影が終わったあと、優作さんが喧嘩していたとか、よく耳にしました（笑）。

岡田　彼は三回ぐらい喧嘩したよ。だから優作を二、三年ぐらい、誰も使わないんだよ。使ったら喧嘩するから、危なくてしようがない。今はもっと厳しいけれど、当時でも喧嘩するとやっぱり番組がつぶれちゃいますからね。スポンサーがノーって言うから。だから、「優作を使いたいけど、使うと番組が途中で終わっちゃう」というジレンマが制作側にはあったようです。

高橋　優作さんが喧嘩して大変だったというお話がありましたが、それはやっぱり一つの作品を作ることに関して妥協せずに、いいものを作ろうという気持をみんなが持って

岡田　いたことの裏返しだと思うんです。それがなかったらあんなに長くは続かなかったでしょう。

高橋　優作の舞台にも引っ張り出されたんですよね。

そうなんです。私にはじめて舞台を経験する機会を与えてくれたのが優作さんなんです。当時、優作さんが主宰していた「F企画」のアングラ芝居に「ノーギャラだけど、二日間でてみないか」と誘っていただいたんです。

岡田　露口茂さんはどうでしたか？

高橋　露口さんは当時四〇代。一七歳の少女から見ても、本当に渋いなと思いました（笑）。苦味走った表情がよく似合う役者さんです。そこに魅力を感じさせるって大変なことじゃないですか。ただ苦しいとかつらいだけでは、魅力にはならないですもんね。それはすごいなと思いますよね。

岡田　露口さんも自分を持っている役者でした。自分をよく知っているし、よく魅せる術みたいなものを心得ているから、「こういう芝居はできない」「ここはこういう芝居をしたい」と議論をしました。

露口さんが俳優座を卒業して新人会に移籍したときと、僕が日本テレビに入社したときは、ほとんど同じ時期だったんです。だから割合、露口さんとは気心が通じていて、演技についても腹を割って話し合いをしました。

高橋　辰平さんは、いいお父さんって感じでしたね。

岡田　殿下はちょっとスケジュールに余裕がなかったんですよね。ほかの現場にも行っていたので、『太陽にほえろ！』の現場に来ても、すぐいなくなっちゃう。

高橋　時代劇か何かに出演されていましたよね。いつも忙しそうにされていたので、私は殿下とはあまり話した記憶がないんです（笑）。

岡田　ゴリさんが明るいから、結構、座持ちしてくれたでしょう？

高橋　そうですね。本当にいいバランスだったんです。

岡田　誰かに「ちょっと飲みに行こう」なんて誘われたことはあったの？

高橋　誘われたことはありません。まだ未成年でしたから（笑）。

◆現場が熱かった！

高橋　『太陽にほえろ！』が伝説のドラマになった理由は、いろいろな要素が重なっていて、もちろん岡田さんの企画力、プロデューサーとしての先見の明があったからですけれど、さらに俳優さんや監督さん、脚本家などの功績も大きかったと思います。『太陽にほえろ！』には映画畑からのスタッフも多く関わっていましたよね。

岡田　テレビと映画は全然違います。テレビの演出家は、大学を出て三年もすればもうディレクターになれる。だけど映画のほうは、一〇年はやっていないと監督になれない。

当時は、映画の本数がどんどん減っていた時代だったから、助監督がなかなか監督になれなかったんです。それで、監督志望者がテレビに流れてきたんですよ。

高橋 脚本家も同じですよね。

岡田 監督志望の映画人は、「テレビだけれども、とにかく監督になれた」と張り切って撮っていた。それに、スタッフもみんな街場のスタッフだった。東宝製作でも東宝のスタッフでもなく、街場のスタッフだったからね。だから、みんなやっぱり一生懸命だったよね。

高橋 そういう現場に一七歳なのにいられたっていうことが、私にとっては本当に幸せなことだったし、幸運なことだったなと思います。

岡田 テレビと違って、映画撮影ではあるカットを撮ってから、次の自分の出番まで待たされることが結構ある。「待ち時間も仕事のうちだ」と言われていたくらいです。その待ち時間に、みんな他の人の芝居を見に来るんだよね。あれはすごかったね。カメラに映っていないのに撮影現場にいるんだからね。それで他の人の演技を虎視眈々と見ているんです。「あいつはこういう芝居をした。じゃあ俺はこういうふうに芝居して、あいつを食ってやろう」と考えながらね。

露口さんなんて、リハーサルのときは軽く流しちゃうんだよね。だけど本番になると、たばこ吸ったり、あっち行ったりこっち行ったりするわけよ。

高橋　露口さんは現場にずっといるような印象でしたね。

岡田　露口さんは他の仕事の出演依頼をみんな断っていたんですよ。本人も「山さんにささげた人生だった」と言っていたそうです。

高橋　本当にそうだと思います。

岡田　『太陽にほえろ!』が終わっても、「山さんの役しかこない」とも言っていましたよ。

高橋　山さん像と露口さんが一つになるような、それぐらい強いイメージを作り上げましたよね。いまあらためて思いますが、『太陽にほえろ!』は本当に素晴らしいテレビドラマでしたね。そんな作品に出させていただいて、いまさらながら感謝申し上げます。

岡田　いや、僕は何にもできなくて……。

高橋　いえいえ、とんでもないです。

岡田　僕は「男性専科」だったので、男優さんとばかり議論していて、女優さんとは話をあまりできなかった。ショーケンには『傷だらけの天使』を、優作には『俺たちの勲章』を作りましたが、高橋さんには『太陽にほえろ!』が終わったあと主演作品を何もつくってあげられなかった(笑)。

高橋　岡田さんとは撮影当時はほとんど話をしたことがなかったですが、今日こうしてまたお目にかかれてよかったです。

(二〇二〇年一〇月二六日　日本テレビにて収録)

初出と脚本家名

マカロニ刑事登場……「マカロニ刑事登場」『テレビストーリー太陽にほえろ！』第①巻（日本テレビ放送網、一九七二年）、脚本：小川英・長野洋

時限爆弾街に消える……「時限爆弾が街に消えた」『テレビストーリー太陽にほえろ！』第①巻（日本テレビ放送網、一九七二年）、脚本：小川英・武末勝

愛あるかぎり……「愛ある限り」『テレビストーリー太陽にほえろ！』第②巻（日本テレビ放送網、一九七三年）、脚本：永原秀一・峯尾基三

ボスを殺しにきた女……「ただ愛に生きるだけ」『テレビストーリー太陽にほえろ！』第②巻（日本テレビ放送網、一九七三年）、脚本：鎌田敏夫

13日金曜日マカロニ死す……「マカロニ死す」『テレビストーリー太陽にほえろ！』第③巻（日本テレビ放送網、一九七三年）、脚本：小川英

ジーパン刑事登場……「ジーパン刑事登場」『テレビストーリー太陽にほえろ！』第③巻（日本テレビ放送網、一九七三年）、脚本：鎌田敏夫

大都会の追跡……「大都会の追跡」『テレビストーリー太陽にほえろ！』第③巻（日本テレビ放送網、一九七三年）、脚本：鎌田敏夫

マカロニを殺したやつ……「マカロニを殺したやつ」『テレビストーリー太陽にほえろ！』第④巻（日本テレ

ビ放送網、一九七四年)、脚本：長野洋・小川英
海を撃て!! ジーパン……「海を撃て!! ジーパン」『テレビストーリー太陽にほえろ！』第④巻（日本テレビ放送網、一九七四年)、脚本：鎌田敏夫
燃える男たち……「燃える男たち」『テレビストーリー太陽にほえろ！』第④巻（日本テレビ放送網、一九七四年)、脚本：小川英
ジーパン・シンコ　その愛と死……「ジーパン・シンコ、その愛と死」『テレビストーリー太陽にほえろ！』第⑤巻（日本テレビ放送網、一九七四年)、脚本：小川英

※本書のなかに、今日の人権意識に照らして差別的な表現がありますが、作品の描かれた時代的な制約、背景と作品の歴史的価値を考慮し、そのままとしてあります。

（ちくま文庫編集部）

編集協力　小平芳熊（ビスタ）

太陽にほえろ！伝説　岡田晋吉

72年から86年まで放映された『太陽にほえろ！』。制作秘話から萩原健一や松田優作など人気刑事の素顔まで、伝説のプロデューサーが語り尽くす。

実録テレビ時代劇史　能村庸一

「鬼平」プロデューサーが、自らの経験と丹念な制作現場への取材を基に記録したテレビ時代劇クロニクル１９５３－２０１３、増補決定版。（里中哲彦）

新トラック野郎風雲録　鈴木則文

映画「トラック野郎」全作の監督が、撮影の裏話、本物のトラック野郎たちとの交流をつづったエッセイ集。文庫オリジナル。（掛札昌裕）

万華鏡の女　女優ひし美ゆり子　ひし美ゆり子　樋口尚文

ウルトラセブンのアンヌ隊員を演じてから半世紀、いまも人気を誇る女優ひし美ゆり子。70年代には様々な映画にも出演した。女優活動の全貌を語る。

ウルトラ怪獣幻画館　実相寺昭雄

ジャミラ、ガヴァドン、メトロン星人など、ウルトラマンシリーズで人気怪獣を送り出した実相寺監督が書き残した怪獣画集。オールカラー。（樋口尚文）

おかしな男　渥美清　小林信彦

芝居や映画をよく観る勉強家の彼と喜劇マニアのぼく。映画「男はつらいよ」の〈寅さん〉になる前の若き日の渥美清の姿を愛情こめて綴った人物伝。（中野翠）

三島由紀夫レター教室　三島由紀夫

五人の登場人物が巻き起こす様々な出来事を手紙で綴る。恋の告白・借金の申し込み・見舞状等、一風変ったユニークな文例集。（群ようこ）

命売ります　三島由紀夫

自殺に失敗し、「命売ります。お好きな目的にお使い下さい」という突飛な広告を出した男のもとに、現われたのは？（種村季弘）

コーヒーと恋愛　獅子文六

恋愛は甘くてほろ苦い。とある男女が巻き起こす恋模様をコミカルに描く昭和の傑作が、現代の「東京」によみがえる。（曾我部恵一）

飛田ホテル　黒岩重吾

刑期を終えたやくざ者に起きた妻の失踪を追う表題作など、大阪のどん底で交わる男女の情と性。直木賞作家の傑作ミステリ短篇集。（難波利三）

ゴジラ　香山滋
今も進化を続けるゴジラの原点。太古生命への讃仰、原水爆への怒りなどを込めた、原作者による小説・エッセイなどを集大成する。（竹内博）

名短篇、ここにあり　北村薫／宮部みゆき 編
読み巧者の二人の議論沸騰し、選びぬかれたお薦め小説12篇。となりの宇宙人／冷たい仕事／隠し芸の男／少女架刑／あしたの夕刊／網／誤訳ほか。

名短篇、さらにあり　北村薫／宮部みゆき 編
小説って、やっぱり面白い。人間の愚かさ、不気味さ、人情が詰まった奇妙な12篇。華燭／骨／雲の小径／押入の中の鏡花先生／不動図／鬼火／家霊ほか。

とっておき名短篇　北村薫／宮部みゆき 編
「しかし、よく書いたよね、こんなものを……」北村薫を唸らせた、とっておきの名短篇。愛の暴走族／運命の恋人／絢爛の椅子／悪魔／異形ほか。

えーえんとくちから　笹井宏之
風のように光のようにやさしく強く二十六年の生涯を駆け抜けた夭折の歌人・笹井宏之。そのベスト歌集が没後10年を機に待望の文庫化！（穂村弘）

官能小説用語表現辞典　永田守弘 編
官能小説の魅力は豊かな表現力にある。本書は創意工夫の限りを尽したその表現をピックアップした、日本初かつ唯一の辞典である。（重松清）

家が呼ぶ　朝宮運河 編
ホラーファンにとって永遠のテーマの一つといえる「こわい家」。屋敷やマンション等をモチーフとした逃亡不可能な恐怖が襲う珠玉のアンソロジー！

井上ひさしベスト・エッセイ　井上ひさし／井上ユリ 編
むずかしいことをやさしく……幅広い著作活動を続け、多岐にわたるエッセイを残した「言葉の魔術師」井上ひさしの作品を精選して贈る。（佐藤優）

開高健ベスト・エッセイ　開高健／小玉武 編
文学から食、ヴェトナム戦争まで――おそるべき博覧強記と行動力。「生きて、書いて、ぶつかった」開高健の広大な世界を凝縮したエッセイを精選。

向田邦子ベスト・エッセイ　向田邦子／向田和子 編
いまも人々に読み継がれている向田邦子。その随筆の中から、家族、食、生き物、こだわりの品、旅、仕事、私…、といったテーマで選ぶ。（角田光代）

ちくま文庫

ノベライズ　太陽《たいよう》にほえろ！

二〇二〇年十二月十日　第一刷発行

編　者　岡田晋吉（おかだ・ひろきち）
発行者　喜入冬子
発行所　株式会社　筑摩書房
東京都台東区蔵前二―五―三　〒一一一―八七五五
電話番号　〇三―五六八七―二六〇一（代表）
装幀者　安野光雅
印刷所　明和印刷株式会社
製本所　株式会社積信堂

ISBN978-4-480-43704-4 C0193